元禄五芒星

野口武彦
Noguchi Takehiko

講談社

元禄五芒星◆目次

元禄五芒星

チカラ伝説

一

元禄《げんろく》といえば忠臣蔵《ちゅうしんぐら》。元禄の年号は十七年（一七〇四）に終わるが、この事件は、その後いわばポスト元禄期を生きた人びとに新しすぎる過去の生々しい記憶をもち伝えていたのではないか。前年の二月、赤穂浪士全員の切腹処分で決着を見た忠臣蔵事件は、社会の明暗をすべて体現し、文字どおり元禄時代の綴じ目になったできごとであった。

この事件がなぜ起きたかについては諸説まちまちだが、なかには特別な種類の性愛をもって浅野＝吉良の確執を動機づける説がある。『仮名手本《かなでほん》忠臣蔵』以前に書かれた浮世草子『忠義《ちゅうぎ》武道播磨石《ぶどうはりまいし》』（宝永《ほうえい》八年／一七一一）では、作中の尾花右門《おばなうもん》（吉良上野介《きらこうずけのすけ》）が印南野丹下《いなみのたんげ》（浅野《あさの》内匠頭《たくみのかみ》）の小姓を所望して拒まれたことが両家不和の原因だったとしている。

これは、わざわざ「男色太平記」と副題しているように、『太平記』で語られる高師直《こうのもろなお》が顔《かお》世《よ》に送った艶書（兼好《けんこう》法師が代筆したとされる）の話は「綺語《きぎょ》」であるとして斥《しりぞ》け、真相はこうだという語り口で、尾花右門が印南野丹下から借りているお雇い小姓の滝井杉之丞《たきいすぎのじょう》なる美形の少年に恋慕執着し、いくら思いを寄せても杉之丞がつれなくて「お寝間の奉公」をしてくれないことから本主の印南野を恨み、その確執が殿中刃傷《でんちゅうにんじょう》の伏線になったとするのである。

右の筋立ては享保《きょうほう》二年（一七一七）刊の浮世草子『忠義太平記大全』にもそっくり踏襲される。

尾花殿の方より印南野家へ使をもって、このたび大儀のお役（勅使饗応役）につき、入《いり》用金《ようきん》三百両、駿馬《しゅんめ》一疋《いっぴき》、わたり茶小姓三人、当分借用申したき旨、度々わがままなる無心

（巻一、傍点引用者）

文中に「茶小姓」というのは茶を入れるなど主君の身のまわりの世話をする小姓のことだが、文脈では枕席《ちんせき》に侍《はべ》るといった含意のあることは明らかだ。『播磨石』の「お雇い小姓」と同じで、このころには、戦国時代の遺風で男色が盛んにおこなわれたことを暗示しているのである。

享保十七年（一七三二）に八十二歳になった新見《しんみ》正朝《まさとも》という老人が往事からの風俗の変遷を回想した『むかしむかし物語』にこんな記述がある。

○むかしは衆道《しゅどう》ということがあった。十四歳から十八歳までの男子で、生まれつき顔かたちがいいのはもちろん、普通の生まれつきでも、念者《ねんじゃ》というものを持っていない若衆《わかしゅ》は一人もいなかった。これを兄弟契約といった。また男色ともいう。

○むかしは五、六百石以上の人で、小姓を持たないのはいなかった。それより小身でも持

つ人はいたけれども稀だ。千石以上の衆は五人も七人も持ち、綺麗な衣装を着せて客の給仕に出す。小姓廻し（小姓たちを世話する役）というものもあった。（『近世風俗見聞集』）

男色がいかに時代の好尚であったかがわかろう。同性愛であったことはまちがいないが、それには異性愛（女色）同様、精神的合一から肉体的結合まで、友情から情痴まで、淡交から肉交まで、憧憬から性行為の実行までのいろいろな度合いがあった。しかし江戸時代初期に流行した男色は、物みなを俗化する風潮に押されてしだいに波長がのびやかになり、肉感性が強くなったことは否めず、女色に比べると後景に退いてゆく。

後世、「忠臣蔵」劇をほとんど独占するかたちになった『仮名手本忠臣蔵』このかた、忠臣蔵で「色」といえば、高師直と顔世御前といい、六段目のお軽勘平《かるかんぺい》といい、ことごとく女色専門になっている感があるが、それも『仮名手本』が享保以後の作であることと無関係ではないかもしれない。

二

赤穂四十七士にはそれぞれ豊かな個性があるが、そのひとり大石主税《おおいしちから》の場合はとくにユニークだ。

まずはその外見。討入りの年に十五歳と同志中いちばんの年少者だった。すこぶる長身だったそうだ。小野寺十内《おのでらじゅうない》は元禄十五年（一七〇二）十二月十三日の妻あての手紙に「大石主税は十五で背丈は五尺七寸（一七二センチ前後）ある」と書き送っている。大男だったせいか周囲の人望もあり、原惣右衛門《はらそうえもん》が堀部安兵衛《ほりべやすべえ》にあてた手紙で「主税は年配よりもひねています。今年の春に前髪を取られて器量もよろしく」（元禄十五年五月二十日付、傍点引用者）と評しているが、「ひねて」とはどういう意味だろうか。「年齢の割には大柄で大人っぽく見える」というのか、「若いのに落ち着きがある」というのかどちらにも取れる。また手紙の原文に「器量」とある語は人格に度量があるという意味なのか、容姿をさす「縹緻《きりょう》」なのか判然としないが、「前髪を取られて」も見栄えがよいと読むのが自然なようだ。どっちにしても傍《はた》から頼もしげに見えたらしいのである。実際に主税が元服して大石良金《よしかね》と名乗ったのは元禄十四年十二月十五日。

　おそらくそんな肉体的・精神的成熟が、討入りグループのなかで責任のあるポストが主税に任された理由だろう。必ずしも主税が大石内蔵助《くらのすけ》の長男として一目置かれていたからだけではない。主税にはそれだけの責任感・決断力・指導力が備わっていたらしい。内蔵助は家族に連累が及ばぬよう、元禄十五年の討入り前にあらかじめ妻りくと二男二女（次男吉千代《きちよ》、三男大《だい》三郎《さぶろう》、長女くう、次女るり）を離縁しているが、主税は長男の立場を心得ていて、父と行動をともにした。場合によっては、堀部安兵衛ら急進派への人質として江戸に送られる覚悟もしていたと伝えられる。

　討入り当夜には、主税は裏門隊の大将を務め、みずから激闘を指揮した。首尾よく吉良を討ち果たして、本懐を遂げた後、泉岳寺《せんがくじ》へ引き上げた。そして堀部安兵衛・大高源五《おおたかげんご》ら九名とともに伊予《いよ》松山藩邸に預けられ、元禄十六年二月四日、他の浪士たちとともに切腹して短い生涯を閉じるのである。

――と、だいたい以上が正面から、表立って、公式に語られる大石主税の描像だ。歴史の「実像」ともいえるし、「忠臣蔵」の正伝ともいえる。

ところが、「忠臣蔵」俗説の世界では主税のイメージはだいぶ違う。裏の世界の主税といってもよい。説話・口碑などに登場する主税は、右に紹介したように若い偉丈夫であり、男性性を記号化したように印象づけられている。一口にいえば「雄々しい」主税像である。それにたいして裏の主税像はいちじるしく女性化されている。「女々しい」のだ。

実例として川柳に取り上げられた大石主税を見よう。

〽主税へは地紙を売れとみんないい（『雑俳万句合《ざっぱいまんくあわせ》』明和《めいわ》五年）

句中にある「地紙」というのは、扇に張るためにその形に切った紙のことだが、それを売る地紙売りは陰間《かげま》（女装して色を売った男娼。十三、四歳から二十歳まで。色子ともいう）上がりの優男《やさおとこ》が多かった。赤穂浪士が吉良邸を探るためにさまざまな物売りに変装したのは有名だが、主税の容姿だったら、地紙売りになるのが適役だと他の浪士たちからさんざんからかわれたという意である。

主税が偉丈夫だったことはたしかだが、はたして陰間っぽく見えるほど女性的な容貌だったかどうかは疑わしい。しかし少なくとも人びとが、主税を少年愛の対象にとどめておきたかったらしい。

尾形月耕《おがたげっこう》の有名な『義士四十七図』の主税は前髪だ（一三ページ参照）。元服前だといえばそれまでだが、主税はもう元服しているから、討入りのときには前髪はないはずである。なのに、これをはじめ多くの絵像では、主税の前髪が描かれている。

もう一句の川柳がある。

〽やせたぜと力弥《りきや》をなぶる義士仲間（『忠臣蔵穴さがし柳樽』第十一篇）

「力弥」とはいうまでもなく『仮名手本忠臣蔵』の世界での大石主税の役名である。舞台にはいつも前髪立ちで出てくる力弥。「瘦せたぜ」とからかい半分にねぎらいの言葉をかけるのは、奮闘の後の力弥に対してであろうか。ともかくこのイメージは美少年でなくてはならない。

主税と力弥との区別がつかなくなるということは、つまり、史実と芝居とが入り組んでごちゃ混ぜになることだ。だから、こんなことを知ったかぶりでいう手合いがいてもおかしくないだろう。

〽主税と力弥とは従弟《いとこ》だと知った顔（同前）

民衆の間には、実際に起きた歴史上のできごとと絵空ごととが見わけがたく渾然一体化したもうひとつの現実空間がエーテルのように広がっていた。史実はいわば物自体のごとく認知不可能であったから、人びとの前に開けているのは基本的には口頭で伝承される「噂」であり、その境界では真実と作り話の間に厳密な境目を設けることはすこぶる難しかった。

そこから次のような、なんとも判定しにくい川柳が生まれることになる。

〽裏門を主税《ちから》まかせにぶっくだき（『日本史伝川柳狂句』二十二）

表面の意味を取るなら、主税は裏門攻撃組の主将であるから、この句はなんの変哲もない奮戦の情景にすぎない。だが、これにはなにか裏の解釈がありそうだ。そういう気持ちにさせるのは「裏門」の一語なのである。

人も知るように、「裏門」とは後門、肛門をいう隠語である。『誹風末摘花《はいふうすえつむはな》』三に「裏門は情が薄いとげんがいい」。「げん」は坊主をさす遊里語。男色を常とする僧侶がどうもあそこは情が薄いとぼやいているのである。また「弘法《こうぼう》はうら親鸞《しんらん》は表門」（『柳多留《やなぎだる》』六十七）の「うら」は「裏門」の省略形である。弘法大師は衆道の創始者と言い伝え、親鸞は僧侶の妻帯を提唱したことで有名だ。主税が力任せに裏門をぶっこわしたという句意も、通常の意味では美少年の偉丈夫が蛮勇を発揮するシーンなのだが、読みようによっては、その主税がまた別の男役を演

(左) 尾形月耕『義士四十七図』のうち「大石主税良金」
(右) 江戸市村座の『仮名手本忠臣蔵』挿絵に描かれた大石主税

じていると解せないこともない。だとすれば絶妙なダブルミーニングではないか。

『仮名手本忠臣蔵』はあまりにもポピュラーに普及し、誰でも知っている作品になったので長い江戸時代にはその焼きなおしはもちろん、パロディもいくつか作られた。式亭三馬《しきていさんば》の『忠臣蔵偏痴気論《へんちきろん》』(文化九年/一八一二)などがそれである。本書は題名のとおり、主要な作中人物の評価に難癖をつけ、善玉をけなし、悪玉を褒めそやして価値観をひっくりかえすことを趣向にしているが、なかに「大星力弥《おおぼしりきや》(大石主税)」の項目がある。

七段目「一力茶屋之場」に登場する力弥をけなしている。急用で夜中に祇園《ぎおん》に駆けつける場面だ。


月の入る山科《やましな》よりは一里半、息を切ったる倅《せがれ》力弥が為躰《ていたらく》、天窓《あたま》を紫の袱紗包《ふくさづつみ》にして、紅絹《もみ》の脚半《きゃはん》をはきたる形容《かたち》、いくじなき事、火事に遇うたる串童《かげま》が、供にはぐれて迯《に》ぐるがごとし。

頭を紫袱紗で覆い（月代《さかやき》を隠すため）、足に赤いきゃはんを着けるのは陰間の平常の身なりである。

挿絵の力弥にも前髪がある。この舞台姿は、どうやら江戸時代後期の『仮名手本』の定石だったらしい。幕末の嘉永《かえい》七年（一八五四）五月、江戸市村座《いちむらざ》の『仮名手本』のものを見ても力弥役はこの衣装である（前ページ参照）。大石主税の形象は一貫して陰間ベースであったようなのだ。

こうして元禄以降の江戸時代を通じて、ある意味では近現代日本に至ってもなお、人びとの脳に深々と埋めこまれた大石主税のイメージが定着する。チカラ伝説の形成である。そしてこの伝説は、正伝と異聞、雅俗二体、硬軟両様、表裏二門の双方を複合して幸せに共存させている。

三

忠臣蔵関係の記録類のなかで、もっとも多く大石主税の記事を載せているのが『赤穂鍾秀記《あこうしょうしゅうき》』だ。明治の歴史学者で厳格な史料批判をもって知られ、世に「抹殺博士」と異名された重野安繹《しげのやすつぐ》は『赤穂義士実話』のなかで、本書を「書名を聞いて未だ見ざるもの」に分類しているが、もし読んでいたら、おそらく「参考に供すべきもの。但し真偽《しんぎ》混淆《こんこう》のもの」の部類に加えていたであろう。

著者はもと加賀金沢藩の杉本義鄰《すぎもとよしちか》であるという。義鄰は討入り当時江戸にいて事件を親しく見聞し、同じく加賀藩に儒臣として仕えていた室鳩巣《むろきゅうそう》に『赤穂義人録《あこうぎじんろく》』を書くための資料を送ったと伝えられる。

しかし本書の内容は『赤穂義人録』とはだいぶ趣を異にしていて、『義人録』が武士道奨励のために忠義の徳目を鼓吹し、赤穂浪士に「義士」という美称を与え、武士道を言挙げして、幕府の文教政策にも合致したのにたいして、この『鍾秀記』のほうは、公式の表向きの記録には載らない、というより載せにくい情報や巷説をむしろ択んでいるかのような印象である。正史の表面に出ないゴシップとかルーモアとかを集めたいわば拾遺篇のほうがかえって面白いのだ。

たとえば首尾よく挙げた吉良上野介の首を「花色の大袱紗に包み」、槍先に吊して泉岳寺まで運んだというのは、じつは贋首で、真相をいうと、「首は両国から船に乗せ、一味の者を五人付け、ひそかに泉岳寺へ運んだ」などと極秘情報をすっぱ抜くのが『赤穂鍾秀記』なのである。

同記中に大石主税が初めて姿をあらわすのは、浅野家の旧臣たちが仇討ちを果たしてから幽囚されるまでの時期前後、元禄十五年中にあった事柄を記した「巻中」になってから、浪士一同が泉岳寺に勢揃いした場面である。

上野介の首を亡主の墓前に手向けた後、内蔵助が和尚へよろしく取りはからってくれるよう言っているとき、倅の主税は側にいた。「もしどこかから首を乞い取りに来たら、抛《ほう》り出してやりますよ」という。

内蔵助はそれを聞きとがめ、「高家《こうけ》のみ首《しるし》に失礼である。いくら若いからといって粗末な言葉づかいをしてはならない」といって叱りつけた。

主税はいきなり叱られてしまっている。なりは大人じみていても若さゆえにまだまだ未熟な少年らしさを露呈しているのである。しかし、これは叱責というよりも父親が息子の若さをたしなめるといった感じの叱正であり、どこかに愛情のこもった語調だ。

いったいに『鍾秀記』は、主税像を男性性・女性性のどちらかに分化する以前の「少年性」を強く打ち出すことに力を入れているようだ。浪士全員が泉岳寺からまず大目付《おおめつけ》仙石伯耆守久尚《せんごくほうきのかみひさなお》の屋敷へ移され、そこで訊問されたときも、とくに主税のことが話題になっている。

水野小左衛門《みずのこざえもん》（信房《のぶふさ》、同席した幕府目付）が「大石主税はどこにおるか?」と尋ねたので、主税は「はい。ここにおりまする」と進み出る。「その方、いくつであるか」「十五歳に相成りまする」。このやりとりを聞いていた一座は、「声は若々しいが、大男でしかもよい器量をしている」といずれも主税を褒めたことであった。

さてそれから、赤穂浪士は四つのグループにわけられて、それぞれ違う大名家に身柄を預けられるわけだが、いざ引き渡しという段になったところで「さすが元禄！」と言いたくなるような情景が描かれている。一同はそれまで討入りしたときの装束そのままであったのをさっぱりした小袖に着替えさせるのである。当然、みんな下着姿になる。すると、

人びとの下着は揃って浅黄両面の半切《はんぎり》（短い仕事着）、上着はいろいろだったが、裏地には紅桃色のもあった。他の記述は少々端折《はしょ》るが、人びとは月代を剃りたてで、茶筅髪《ちゃせんがみ》に伽羅《きゃら》を焚きしめたと見えて、最初、仙石邸の玄関で革頭巾を脱いで積み重ねたのがどれもよく薫った。

茶筅髪というのは、束ねた髪の先端を立てた髪型をいい、安土桃山時代に流行したスタイルである。江戸時代の元禄年間には「かぶき者」の間で復活していた。赤穂浪士のいでたちにもかなりの気取りがあったことを想像させる。髪に名香を焚きしめていたことなど、大坂の陣に際する木村重成《きむらしげなり》の逸話を思い起こさせるではないか。

元禄文化には「花」があるとはこういうことだ。仇討ちのような殺伐な行動に挺身していても、なお風流の境地に通じていることが求められる。浪士たちは全員、革頭巾の内側に兜《かぶと》の鉢をしこんでいて、その裏に各自一通ずつの書附を綴じつけ、思い思いの詩歌文章を記していた。預けられる大名家の方でも預かる浪士の個人情報を知るのに熱心で、めいめいの名札にはこんな注がつけられていた。たとえば吉田忠左衛門《よしだちゅうざえもん》に「文才あり」、近松勘六《ちかまつかんろく》に「軍者」、磯貝《いそがい》

十郎左衛門《じゅうろうざえもん》に「能書」、茅野和助《かやのわすけ》に「貝吹《かいふき》（合図のホラガイを吹く役）、花作り名人」とあるたぐいである。

いよいよ内蔵助・主税父子が生き別れをする時刻になった。父は細川家へ、子は久松松平家へ別々に引き渡されるのである。予定の申《さる》の刻（午後四時ごろ）が迫ったとき、内蔵助は主税にいった。

「自分はいまから細川越中守《えっちゅうのかみ》さまのところへお預かりになりにゆく。であるからもう二度とそなたに会うことはあるまい。かねがねそなたに言い含めてあることを必ず忘れてはならぬぞ」

主税は答えていった。

「かしこまりました。どうかお心置きなくお先にお出かけくださいませ」

このやりとりを傍らで聞いていた公儀の御徒目付衆《おかちめつけしゅう》、仙石伯耆守の家来たち、内蔵助らの身柄を受け取りに来た細川越中守の家臣の面々は、みんな感動して落涙した。そして口々に、

「主税は今年まだ十五歳だが、年齢より丈夫《じょうふ》（ますらお）の生まれつきだ」

「だから京都から下向したとき、武州川崎《ぶしゅうかわさき》の宿で前髪を取ったのだ」

「十二月十四日当夜の働きも尋常を超えていたそうだ」

などと噂しあった。

『赤穂鍾秀記』の著者杉本義鄰は、本記の書きぶりから見て知の人よりは情の人であったように思われる。そんな義鄰の視線は、疑いもなく一種の愛情を持って主税に注がれている。それも紋切り型の口上で対象を理想化するのでなく、清濁併せ呑んで、というよりこの場合は、硬軟を嫌わず、主税の全体像を復原している。話は前後し、行きつ戻りつするが、主税のナマの言動が何度も追想されるたびに、読者は正史に現れた《忠孝の権化《ごんげ》》でもなければ、稗史《はいし》・戯場の《衆道》趣味でもない、むしろ野生児的に子どもっぽい一面を残した好青年の面影を見出すことだろう。

赤穂浪士が泉岳寺に引き揚げて集結し、寺の周囲に群衆が押し寄せ、上杉家の家臣が襲来するかもしれないと騒然としていたときのことである。

主税は「今朝のうちに首を取り返しに来なかった者がいまさら来るわけはないでしょう」といったが、慎重な内蔵助は何度も「ゆめゆめ油断をするな」と念を押すので、一同は泉岳寺の僧に剃刀砥《かみそりど》を借りて刀の寝刃《ねたば》を合わせた（刃を研いだ）。

寺僧の話では、自分のところにも剃刀砥が持ってこられたとき、主税は「さあこれから堺町《さかいちょう》（江戸の芝居町）でする斬り合い人形の真似をして見せましょう」といって戯れながら、刀の刃を研いだそうだ。

主税は茶目っ気たっぷりだ。父内蔵助は総監督の立場上、慎重には慎重を期して、ありうべき上杉家の襲撃にと用心を怠らないが、息子のほうはもっと自由にのびのびとふるまっている。上杉はもう来ないとカンが告げるままに——そして事実そのとおりであった——父の取り越し苦労を尻目に嬉々と戯れている。

堺町（現・東京都中央区日本橋人形町三丁目付近）はすぐ隣の葺屋町《ふきやちょう》と並んで栄えた繁華街であり、堺町の中村座、葺屋町の市村座を始め多くの芝居小屋・見世物小屋があった。主税は「堺町」の名で芝居町一帯を指しているのだろう。ときに元禄十年代は荒事芸《あらごとげい》を創始した初代市川團十郎《いちかわだんじゅうろう》の全盛期であり、坂田金時物《さかたのきんときもの》や曾《そ》我《が》物《もの》など豪快な立ち回りをたっぷり見せる荒事を舞台で上演していた。

こうして、ときには内蔵助の「父性」と対立させられながら「子性」を特筆される主税であるが、元服して前髪を取った瞬間から、やはり主税は、一人前の武士と扱われ、父内蔵助と同程度の責任と役割を要求されることになる。当然、敵を欺く戦略のための捨て駒としても使われることは避けられない。

内蔵助が終始リードした仇討ち計画にも深甚な危機が訪れたことがある。江戸に下向した同志の一部に生じた脱退の動きと、急進派のあいだから出てきた内蔵助不信の声——いっそ内蔵助抜きで吉良邸討入りを決行しようという意見まで擡頭した——が、仇討ち計画の前途を脅かすに至ったのである。内蔵助が敵を欺くためにふりまいたこんな言説がかえってアダになったのだ、「目下の形勢ではとても仇討ちなどできるものではない。手前も倅主税をどこかの大名家に仕官させるつもりです」。

主税は内蔵助の謀略に一役買わされているわけだ。だからこんどは逆にその主税を内蔵助と一心同体と見て、いっしょに片付けてしまおうというのが、内蔵助を信用しきれない急進派浪士の極論になる。

急進派一同は、「こんなことではわれらの運命のなりゆきも覚束ない。もういちど内蔵助の所存を糺してみて、いよいよ心変わりと知れたら、内蔵助・主税父子を討ち取り、それから時を移さず、吉良邸に討ち入って、討死しよう」と衆議一決した。

けっきょくこの自爆的な企ては、内蔵助が腹を割って本心を明かしたので、一同も安心して事なきを得たが、このことからも想像されるように主税の位置はまことに微妙であった。

事実として、主税は内蔵助に先行して九月十九日山科を発ち、同二十四日江戸に到着している。また、後述する「波賀《はが》朝栄《ともひさ》聞書《ききがき》」（『赤穂義士史料』上巻所収）にはこんな文面がある。松山藩士の波賀清太《せいだ》夫《ゆう》朝栄が、同藩の久松松平家に預けられた堀部安兵衛から得た聞書の一節だ。

> 上方在住の一味の面々は、妻子の身の振りかたをつけ、八月末から閏八月・九月・十月までの間に、人目に立たないよう小人数に分散して江戸へ下ってきました。もっとも、内蔵助方からは江戸一味への人質として、自分の東下に先立って嫡子主税を差し出してまいりました。（傍点引用者）

なるほど、大石主税は人質だったというわけである。「人質」とは武将同士の誓約の保証として妻子や家族の身柄を相手に拘束させる戦国時代の遺風である。四十七士のあいだでも相手を無条件には信用しない苛烈な人間関係が存在する。元禄という時代にはまだ太平の世相に埋没しきれない原始武士道の感覚が生きていたのだ。

『赤穂鍾秀記』が打ち出す主税像は、硬軟を取り混ぜて一貫している。必ずしも堅物一辺倒ではないし、とくにヤワラカクもない。そのどちらかが真の姿だというのではなく、人間ひとりの個性のうちに剛柔両面がなんの矛盾もなく共存しているのである。見かたによっては男性性と女性性ともいえるし、武士道に引き寄せた主税・衆道のほうからとらえた主税ともいえる。角度を変えれば、ひとくちに男性同性愛と概括されがちな、ある精妙な感情複合体――これを「男色」と呼称するとかえって混乱が深まるだろう――それ自体のうちに内在している精神性と身体性の葛藤でもあった。このことはけっして主税だけに限ったことではなく、元禄武士全般についていえる事象だったのである。

伊予松山藩邸に他九人の浪士とともにお預けの身になった大石主税は、なにかと人びとの関心を浴びた。切腹処分と決まったある日、藩主松平隠《お》岐守《きのかみ》定直《さだなお》が主税とだけ会ったことがある。隠岐守はこの若武者に好意を持っていたらしい。「京都にいるそなたのご母堂になんぞ申し置きたいことはないか。書状を届けるのはむずかしいが、口頭で伝えることはできるぞ」と言ってくれたのだ。

「ありがたき幸せに存じまする」

と主税はまず藩主の厚誼に謝意を表した。しかし返事はきっぱりしていた。

「父内蔵助が内々手前に申し聞かせていたことがございます。『仇討ちの本懐を遂げたのち、万一われらを助命するという意見が出てくるかもしれない。だが自分やそなたはけっして生き延びようと思ってはならない。必ず自殺しなければならないぞ。もしそなたの命が助かり、新たに主取りをしようなどと考えるようなことがあったら、自分は草葉の蔭で不届きと思うぞよ』と、固く申し渡されていたのでございます」

「かねてそう心得ていたので、手前は出京のみぎり、母のほうへもねんごろに暇乞《いとまご》いをいたしましたから、いまさらあらためて申すことはございません。このたび切腹を仰せつけられましたことは、私におきましては殊に本望の至りと存じ奉りまする」

こう健気《けなげ》に答える主税の凜々しい態度を御覧になった隠岐守は感涙を催されたということだ。


このように伝えられる主税は明らかに硬質のイメージでとらえられている。どこまでも父内蔵助と同じく大義に殉ずる「男」の側面に力点が置かれるのである。

それともうひとつ、ここでの主税はまもなく死ぬ男として特別のオーラを発している。読者もよくご存じのように、少年が「少年性」「少年美」をたっぷり残したまま死と盟約を交わしているという状況は、しばしば衆道の美意識を担保するものだったのである。

勇気ある若武者という主税像もちゃんと用意されている。討入りの夜、裏門勢が上野介の居間と思しい部屋へ踏みこんだが、その姿は見えず、部屋の畳が二、三枚浮いたようになっていた。怪しく思って畳を上げてみる。抜け穴だった。きっとたった今、上野介が通って逃げたらしい。そうは思っても、いざさっそく飛びこむ者がいない。みな尻ごみしているように見えたときに、主税が「手前は身体が細いですから」といって、なんのためらいもなく抜け穴に飛び込み、その先の物置——上野介が潜んでいて討ち取られた場所——に行き着いた。主税には生まれつき勇気が備わっていた。

かと思うと『赤穂鍾秀記』には、およそそれと対極的に、主税が男色の性愛的な面をもろに行為するエピソードが正面切って語られている。隠伏《いんぷく》している気配はまったくない。それは主税という若武者の全人格からまったく自然に流れ出ていて、衆道の精神面と官能面とは、あたかも事物の高さと深さとがたがいに否定しあわないように、両極にありながらごくおおらかに連続した人性の自然なのである。

四

同記にただ一度だけ登場する、というよりは、このエピソードを話すためにしか登場しないといったほうがよさそうな、「隠岐守御馳走人」の中山某という人物がいる。この肩書は久松松平家に預けられた十人の浪士の食事その他万端の世話をする役柄だったのであろう。その中山が主税に「強いて望んで」語らせたという次のような「懺悔咄《ざんげばなし》」である。

自分が京都にいた時分のことです。父内蔵助がしみじみと言いました。

「わしはもう四十年あまりを生きてきておる。そなたはようやく十五になったばかりじゃ。われらがおっつけ仇討ちの本懐を遂げたら、その後、余命はいくらもあるまい。江戸へ下る前に、なんでもよいから思いきり遊興しておいてはどうだろう」

物事がよくわかっていた内蔵助は、わが子がまだ十五歳で、おそらくセックス体験をしたことのないのを哀れに思って、主税に遊興を勧めたのである。内蔵助自身は京都祇園や伏見《ふしみ》橦木《しゅもく》町《ちょう》での遊蕩が噂になったほどだから、その道の訳知りであった。主税がいじらしくてならなかった心理もよくわかる。

いわれたとおり自分はあちこちの遊所を遊びまわりました。ある時、四条河原を見物しましたついでに相山幸之助《あいやまこうのすけ》という名の野郎と一座したのが縁になって馴染み、その後何度も呼ぶようになりました。去年（元禄十四年）の冬、江戸へ下ると決まったので前もって幸之助にそのことを知らせて暇乞いをしたのです、すると向こうから「来たる何日に餞別《せんべつ》の料理をふるまいたいから必ずおいでください。お待ちしています」と連絡が来ました。

京都の四条河原は当時から有数の歓楽街だった。浄瑠璃や歌舞伎の芝居小屋、見世物、料理屋、茶屋などが鴨川の東岸にひしめき合っていた。「野郎」というのは歌舞伎の女形を務める役者のことだ。ふつう前髪を落として月代頭を紫帽子で隠した姿のものを指すから、「色子」よりも年配だったと思われる。ひょっとしたら主税より年上だったかもしれない。主税はその一人と懇《ねんご》ろな仲になったわけである。

約束の日に出かけてゆきました。幸之助は日ごろのようすとは事替わって、珍客を招いたように自分をもてなし、麻上下を着用のうえ、自分ひとりで料理を部屋に運ぶまでします。同席してくれと何度言っても、「いえいえ、今日は手前がご馳走する日ですから」と応ぜず、ずっとその調子で通します。

さて、いよいよ盃を交わしたとき、幸之助はあらたまった口調で言いました。

「江戸へお下りになるとのことですが、どんな事情がおありなのでしょうか?」

「手前父子は二人とも浪人でござる。親はもう老年ですからそのままでしかたがないにしても、手前はどこぞのご家中にでも仕官口はないかと望んでのことでござる」

「いや、そうではございますまい。あなたさまは大石内蔵助様のご子息、主税さまと存じまする。でございましたら、なにかお望みがおありであられることとお察しいたします」

図星であった。相手の真摯な顔つきを見て、主税も自分の正体ぐらいは率直に明かそうと覚悟を決めた。

「いかにも手前は主税でござる。去年譜代の主の扶持を離れましてから、何方《いずかた》へなりとも身上《しんじょう》を片付けたく存じて、縁故を尋ねて江戸へ下るのでございます」

「いやいや、そうではありますまい」

幸之助は強く主税の言葉を否定した。ひたと主税に向けた目にはただならぬ気魄《きはく》が籠もり、必死な面持ちになっていた。そしていきなり小刀を引き抜くと、自分の小指に傷をつけるではないか。

「これは」と驚く主税の目の前で、幸之助は指からしたたる血を膳の盃に受けると、それを主税に差し出しながら言った。

「あなたさまのお指の血をすこし入れて下さいませ」

主税は少しどぎまぎしたが、すぐそれと察して、同じように小指を傷つけ、血を絞り出して同じ盃に入れると混じりあった血を一息に飲み干した。

「忝《かたじけ》のうございます」と幸之助はまず一礼し、それからおもむろに言った。

「男の道の古例では、このように誓いを致したと聞き及んでおります。手前はあなたさまの御事《おんこと》をたいへん大切に思っています。その気持ちに毛頭偽りがないことは今の誓いのとおりでございます。あなたさまのほんとうのお心を承りたいと存じましたので、手前ひとりでお給仕し、他の誰もこの座敷に来ないようにいたしました。どうか有体《ありてい》にお言葉をお聞かせくださいませ」

「まことに他意のない、真情あふれるお言葉と存じます。さりながら、手前には仕官すること以外になんの望みもございませぬ！」

主税がこう言いきると幸之助はふと立ち上がり、かたわらの簞笥《たんす》のなかから、なにか紙に包んだ物を取り出すと、黙って主税の前に置いた。主税は手に取ってみる。小さな位牌だった。裏には幸之助の筆跡で「大石主税」と書いてある。

驚いている主税に向かって幸之助は言った。

「手前考えまするに、このたびの江戸下向には定めてご大望がおありのことと存じます。ご本意をお達しになるのは疑いありませんが、あなたさまのご生死はいずれとも定め難いでございましょう。だとしたらこのようにお目にかかれるのも今生で最後かもしれませぬ。万一ご不慮《ふりよ》のこと（討入り中に闘死など）があった場合、どうしたらご菩提を弔えるかと考え、お位牌の用意をさせていただきました。あなたさまをお慕いする手前の気持ちをなにとぞお汲み取りくださいませ」

こう言い終えて後はただ涙に咽《むせ》ぶばかりだった。主税も相手の誠意がよくわかり、いまは忍び難く、ずっと秘めてきた自分の本心を物語った。幸之助は大きくうなずいて、

「さようでござりましたか。かねてお察ししていたとおりでございます。必ず潔《いさぎよ》くお働きになり、ご本懐をお遂げになることと存じます」

「忝うござる。そうまでしていただけたら泉下《せんか》の主税もさぞ満足を覚えることでございましょう。後世のこともよしなにお頼み申しまする」

言いも果てず、主税は不覚にも涙をとどめられなかった。

――杉本義鄰によれば、この「懺悔咄」をした主税に中山某はこう言ってみたそうだ。

「幸之助の心底は比類なく純真でございます。そんな心柄ですから、きっとあなたさまはどんなようすであるかと朝夕心もとなく思っていられるでしょう。放ってはおけませんからお手紙を書かれたらどうでしょうか。私のほうからお届けしますよ」

「いや、お気持ちは辱《かたじけな》いが、手紙はやめておきましょう」

「そりゃまたなにゆえ？」

「手前はおっつけ刑罰におこなわれるでしょう。その段は国中に隠れもありますまい。自然に幸之助にも伝わることと存じます」

そう謝絶されても、中山は幸之助の志を哀れと感じ、自分で手紙を書いて、討入り当夜主税が健気に働いたこと、幸之助の心入れを話したら主税がたいへん喜んだこと等々を委細記して幸之助に送った。その返事がまだ来ないうちに主税は切腹したのだった。二月四日のことである。

以下、話は主税の死後のことになる。

たまたまこの時分、隠岐守家中によく出入りする宝井其角《たからいきかく》という俳諧の点者《てんじゃ》がいた。浅野内匠頭の家中にも門弟が多かったので、主税の話もいろいろ聞いており、また幸之助とも知りあいだった。このたび主税の最後のようす、戒名などを承って幸之助へ申し送ったということだ。

しかし、其角の手紙が京都に着くよりも早く、主税をはじめ討入りに加わった浪士は全員が生害《しょうがい》（自殺）した――切腹は自殺形式での死刑である――ニュースは京都にも知れ渡っていた。幸之助はその知らせを聞いてすぐに出家し、例の位牌を四条通御旅町《しじょうどおりおたびちょう》（現・京都市下京区）にある黒谷《くろだに》の末寺大龍寺という寺に祠堂《しどう》を立てて安置した。その後、幸之助当人は江戸へ下るといって京都を出た、という話が其角に届いたそうだ。

二月も下旬になった。泉岳寺に年齢十八、九ばかりの美男の僧が一人で訪れ、大石主税の墓を尋ねて、墓前でさめざめと落涙し、半時（一時間）ばかり回向《えこう》していた。寺僧たちは「もしや主税にゆかりのある者だろうか」といぶかしむ。その美僧が墓所を辞した後、ようやく、誰かが「あれは幸之助だったかもしれないぞ」と言い出し、みんなであちこちを探しまわったが、もうどこにも見つからなかった。参詣人に紛れて立ち去ったと見えて、跡を慕っていくら歩いてもとうとう行方不明のままだった。

こう眺めてくると、元禄期の衆道の世界にあっては、当事者二人の交情が精神的であるか、肉交的であるかと二者択一式に問うのがいかに無意味であるかがわかろう。

五

大石主税ら十名の浪士が預けられた伊予松山藩の久松松平家の家中に、波賀清太夫朝栄という武士がいた。役職は御徒目付である。いっこくで、堅物《かたぶつ》で、融通が利かず、自他を律するに厳しく、依怙地《いこじ》で、いったん言い出したことにこだわり、自説を曲げない。万事が軽佻でそろばんと要領で出世する「当世侍」が多くなった元禄の世には珍しい古武士タイプの人物であった。

その朝栄が書き残した『波賀清太夫覚書』という記録がある。

記述が前後している箇所もあるが、いま、できごとを時系列にしたがって配列すれば次のとおりになる。

騒動の兆しが見えはじめたのは十二月十五日の巳《み》の中刻（午前十一時ごろ）松山藩上屋敷《かみやしき》——愛宕下《あたごした》（現・東京都港区）にあった——の役部屋に詰めていた下村佐右衛門《しもむらさえもん》という下役人が「焚火の間」にいた朝栄を呼び出した。

話を聞いたところ、

「ただいま、木屋五兵衛《きやごへえ》という町人が台所賄《まかないご》小屋《や》に顔を出していうには『たったいま、具足を着、槍刀に血が付き、弓まで持った侍二《マ》百人《マ》ほどが、首を一つ槍に括りつけ、松平（伊達《だて》）陸奥守《むつのかみ》さまのお屋敷の前を通り、芝《しば》のほうへまいりました』とのご注進でした」

朝栄はすぐにピンと頭に閃いた。

「それはひょっとすると浅野内匠頭どのの浪人衆かもしれないぞ」。居合わせた人びとも同意見だったので、さっそく下村に命じて五兵衛を呼び出し、口上を聞きなおした。

これでまちがいないと確信を得たので、朝栄は方針を固めた。

「およそ兵乱の起こりは最初こんな小さな噂なのだろう。根も葉もないことかもしれない。だがたとえ、話半分だとしても、対策は立てておいたほうがよい。軽く聞き流してしまって万一争乱が起きたら、足もとの変乱に気づかなかったと言われて大失態を招きかねない。大名家たるものはいつでも非常事態に対処できなければならない」

そう決意した朝栄は張りきってテキパキと動いた。ただちに物見（偵察）を町に出す。三田にある中屋敷へも伝令を送る。一座の役人はみな閉口したり、苦笑したりし、「清太夫どのはまたいつものお癖を出された」と言う者も多かったが、朝栄はなんら意に介さず、家来を呼び寄せ、その家来にも中間《ちゅうげん》を呼ばせて、火事装束と干飯《ほしいい》（非常食）を用意させ、自身は鎖の着込《きこみ》を付け、鉢巻その他の用心道具を懐に遠見番所へ上がった。

ここから見渡した町々のようすには、なにかただならぬものがあった。追っ付けなにかが起きるだろうと考え、朝栄は在所へその覚悟があるように手紙を書き送った。

この武士はなぜかくも異常に興奮しているのだろうか。それは朝栄当人が上杉家の報復を予想していたからである。ほとんど期待していたといっていいくらいだ。

上杉家（米沢藩十五万石）の当主四代綱憲《つなのり》は実父が吉良上野介であったから、当然赤穂浪士への報復攻撃をしかけてくるだろうと人びとが予想したのも当然だった。朝栄もその点では人後に落ちることはなかった。

しかし町々に派遣された江戸足軽・国足軽などの報告によって吉良・上杉側の不穏な動きが未確認とされるにつれて、人々の緊張はしだいに緩み、当直で詰めている藩役人たちも油断して世間話に興じているありさまだった。

そんなさなかに突然老中奉書（将軍命令を伝達する公文書）がもたらされた。一同が玄関広間に集められる。なにごとともわからず騒ぐばかりだ。やっと奉書の内容が泉岳寺に引き取った浪士のうち十名の身柄を久松家で預かれという命令とわかり、同家はすわと色めきたった。泉岳寺に浪士を受け取りに行かなくてはならない。その衝にあたる人数（要員）の人選やら手配りやらは目付の朝栄に一任された。朝栄はその君命に従って、ただちに久松家大目付の渡部甚之丞から「なんでも遠慮なく差図してよい。やりすぎても自分が責任を取ってやる」と励まされて、番頭から中間までを差図する権限を与えられて、さっそく芝の泉岳寺まで出かけて行った。

急な予定の変更もあった。泉岳寺で合戦になるのは必至であると見られた。それを警戒した幕府は、急遽、浪士たちの身柄を警戒堅固な仙石伯耆守久尚（幕府大目付）の屋敷に移送することに方針を変えたのである。

至急、泉岳寺の門前に詰めていた朝栄の許へ早馬が駆けつけた。「ただちに愛宕下の仙石邸に移動せよ」という藩命がもたらされた。

朝栄の一隊もただちに動き出す。はからずも赤穂浪士たちと同道することになった。仙石邸の前で勢揃いした一行のいでたちは圧倒されるほど印象的だった。「みんな吉良屋敷にしかけたときと同じ装束で、着込・甲《かぶと》・籠手《こて》・臑当《すねあて》などは火事装束のように作り、半弓を持った者は矢駕籠を背負い、槍刀は抜身のまま」という姿が大きく見える。

当夜、「愛宕下大名小路」と通称される大名屋敷街には、詰めかけた四家の人数がびっしりと集結していた。いずれも概数だが、細川家（熊本藩）から七百五十、毛利家（長府藩）から二百、水野家（岡崎藩）から百五十、そして朝栄が率いる久松家の三百。総勢およそ一千四百が仙石邸の周囲で犇《ひし》めきあっている。赤穂浪士の数はわずか四十六人（いわゆる四十七士のうち寺坂吉《てらさかきち》右《え》衛門《もん》は泉岳寺には入らなかった）なのに、これだけ多人数が警備のために動員されたことは、このとき幕府がどれだけ上杉・浅野の衝突を回避しようと神経質になっていたかを物語る。『毛利《もうり》家《け》赤穂浪人《あこうろうにん》御《お》預《あずかりの》之記《き》』には一人の御徒目付がぽつんと、「公儀でも上杉が不穏な動きをしないかと心配されているから、その覚悟で途中念入りに浪士を引き取るように」と指示を与えたと記録されているくらいだ。

雨が降り出していた。元禄十五年十二月十五日の深夜、愛宕下に屯集した四家の武士たちは足下からじわじわと這い上る底冷えにみな胴震いを禁じえなかった。しかしこの胴震いは夜が更けるとともに増してゆく寒気のせいとも、闘いが差し迫っているかもしれないという緊張感がもたらす戦慄のせいともわかちがたかった。

久松家三百名の人数を差図してその場に立っていた朝栄は、苦々しい思いで集まった武士たちのようすを眺めやっていた。浪士の身柄引き渡しは幕府役人が慎重に事を運ぶのでいやに手間取った。午《うま》の刻（正午ごろ）から始まった諸藩の受け取り業務は子《ね》の刻（午前零時ごろ）になっても、まる十二時間かかってまだ終わらない。その間ずっと立ちっぱなしだから、堪ったものではない。ひどく寒いし、腹は減る。全員が難儀をしていたが、朝栄は一人冷やかだった。「日ごろうまい物を食い、贅沢な衣服を着こみ、酒ばかり飲んで油断しているからこういうことになるのだ。みんな当世風の奴ばかりだ」。

朝栄自身は、常に食事に注意を払っていたので、少しもそんな心配はなかった。そのうえ、受け取り人数中の朝栄主従十五人は、干飯をたっぷり持参していたので、少しも空腹に苦しまなかった。

仙石邸前で待機しているうちに時刻は夜半を過ぎた。そろそろ浪士の移送が始まる時分だった。四家の人数がいっせいに提灯を掲げ、隣の大名屋敷から出されるおびただしい高張提灯《たかはりぢょうちん》がそれに加わって時ならぬ光量が目を驚かせる。一番に「細川越中守殿家来衆」と呼び出しがかかり、屋敷の広間から大石内蔵助はじめ十七人を引き渡し、駕籠に乗せて門を出る。もっとも内蔵助一人は内玄関で乗せ、残りの十六人は表玄関で乗せたのである。なぜ知っているかといえば、職務熱心な朝栄は、ひそかに玄関口まで忍び入って検分していたからだ。

次は久松家の番だった。呼び出しがかかると、久松家から二人の家老が進み出、大石主税をはじめ十人の浪士を受け取り、やはり駕籠に乗せて門を出る。外に出たところで駕籠を取り廻し、駕籠一挺ずつの前後を御徒目付・足軽らが固め、それに騎馬の侍が付き添うという物々しい警備だ。伊予松山藩の下屋敷（上屋敷と地続き）は愛宕山の高台を挟んで東側の愛宕下薬師《やくし》小路《こうじ》に位置するが、仙石家上屋敷（但馬《たじま》出石《いずし》藩邸）とは近距離にある。その短い道筋をかくも厳重に警護したことからも、朝栄が「一人の応変かくのごとし」と自賛するように、いかに緻密細心に預り人を保護する計画を立てたかが想像されよう。

だがその心の一方には、どこかで上杉の来襲を心待ちにしている自分がいた。「上杉は来ないか」という複雑な期待が「上杉は来ないのか」という落胆と混じりあっていた。上杉はまだ来ぬか？　ええい、上杉め、なにを愚図ついておる？　と朝栄は苛立ちに似た気持ちを味わった。道のりはずんずん縮まり、めざす下屋敷へはあと少しの距離になった。それでもなにも起こらない。上杉は来ないらしかった。

殿《しんがり》の隊列に加わっていた朝栄も周囲のようすを窺ってみたが、なんの気配もしなかった。

朝栄はなろうことなら赤穂浪士を守って上杉勢と一戦まじえ、みずから武士道の花を咲かせたかった。自己の死すら厭わなかった。しかしその幻のチャンスはまるでたよりない砂のように指の間をすべり落ちていった。

護送の列は薬師小路に着いていた。

藩邸に移された十人はすぐ、そのために空けられた東長屋に入れられた。ふだんは在府藩士の住居になっている十戸の「小屋」に押しこめられ、馬廻役の年配の小姓が番士に付いた。勝手は足軽・中間が務める。浪士たちが二、三日間眠っていないので今夜は休息したいというのでそのとおり聞き届け、朝栄が「承知した」という隠岐守の内意を伝えた。

翌十六日、波賀清太夫朝栄に主命が下った。十人の浪士一人一人と対談し、口上書を呈上する任務を「その方へ仰せ付ける」というのである。大任であった。とくに朝栄ひとりが指命されたのには、この人物が赤穂浪士の処置について他の藩士よりも確固とした識見をもつと見られたからであろう。律儀な性格が信頼されたこともあったかもしれない。藩の大目付が立ち会い、面接は「今夜明日のうちに始めるべし」とだいぶ急ぎの仕事であった。朝栄はその夜、十人の衆とあらためて近付《ちかづき》（親しい間柄）になり、丹念にめいめいの物語を聞き取った。

おそらくこの日（十六日）、吉良の実子の上杉弾正大弼《だんじょうだいひつ》綱憲が馬を泉岳寺に向けるのではないかと囁かれ、そう信じられていたがついにその儀はなかった。浪士一同が諸大名家に分散された後は、大石内蔵助が預けられた細川邸には当主綱憲が、主税を預かった当邸（久松家）には上杉民部《みんぶ》大輔《たいふ》（世子吉憲《よしのり》）が別々に父祖の怨敵を討つために馳せ向かうそうだという説も、まことしやかに噂されたが、そんなことも起こらなかった。

それでも松山藩邸は攻撃がしかけられるかもしれないと警戒を怠らない。朝栄はまた渡部甚之丞および家老・用人らと相談して、屋敷内外の夜廻り、門番・辻番の増員、三ヵ所の門の出入禁止といった原則事項をきちんと実施した。「人間は緊急の場合下知《げち》（命令系統）が徹底しないものだ。いざというとき、上下の人びとが下知を軽んじないためには平時から修練しておかねばならない」と朝栄は力説しているが、こうした神経質なまでの気の配りかたひとつをとってもこの人物の性格がよくわかる。万事に粗漏がないのである。

浪士の身柄を預かった大名屋敷の気の遣いかたは並大抵ではなかった。幕府が最終裁定を下すまで、浪士をすべていわば「現状維持」の状態のまま保全しておかなければならないのだ。処置が決まる以前に、浪士に死なれるわけにはゆかない。自殺などさせたら藩の重大な落度になる。うっかり病死されても取り返しのつかない過失である。たとえば十浪士の一人貝賀弥左《かいがやざ》衛門《えもん》は老齢のうえ持病を発していたので、藩医を呼んで治療させた。

ありえないことだが、万々が一、反抗したり暴れ出したりすることがないように刃物はいっさいもたせない。月代・髭剃りに用いるカミソリも取り上げる。十二月十七日からは寒いので火鉢も出されたが、火箸ではなく杉箸が与えられた。先の尖った物は危険だからである。

十二月二十五日からは預り人を入れる小屋が二つにまとめられ、一小屋に五人ずつが置かれることになった。もはや共謀して暴れ出す懸念はないと藩当局も判断したのだろう。大石主税と堀部安兵衛は他の三人とともに、一番小屋でいっしょだった。

伊予松山藩では、幕府の裁定が死罪・助命のどちらに転ぼうとも即座に適応できるように万全の準備を整えていた。幕府上層部では両論が対立し、処分のゆくえは海のものとも山のものともまだつかなかった。そのことを如実に示すのが、元禄十五年十二月二十三日、評定所一座――寺社・勘定・町三奉行プラス大目付――から老中に献議された「存寄書《ぞんじよりがき》」（意見書）であろう。積極的な助命論であり、国法を重視する立場から浪士を死罪にしようとする柳沢吉保《やなぎさわよしやす》グループと真っ向から衝突するものであった。

しかし柳沢は「粛々と」強引に事を運ぶ。年が替わって元禄十六年一月二十二日、幕府は浪士たちにめいめい自署の親類書《しんるいがき》を提出させる。家族・親類の氏名や続柄などを書かせるもので、自署した本人に連累《れんるい》して遠島《おんとう》・御預《おあずけ》などに服罪させる前提である。浪士切腹を見越したような措置だ。

久松藩は如才なく、どちらになってもよいように二通りの対策を講じていた。一月二十二日、「お預り人が万一他のどこかへ遣わされたときの用意として」（つまり助命されて他大名家へ送られる場合に備えて）、衣類・諸道具・金銭・腹薬までを揃えておくように命じる。波賀朝栄も、この日、右を想定した路地警備・行列などの内試（予行練習）を済ませている。

ところがこれと相前後して、朝栄には、まったく矛盾しているとしか言いようのない業務が与えられているのだ。またもや大目付渡部甚之丞の立ち会いで、「お預り人切腹仰せ付けらるゝ節も諸用意をしておくべきこと」（傍点引用者）――つまり次の諸案件を勘案し、書類にして提出せよというのである。

案件とは――、
①検使の役人を迎える用意。
②切腹場所の選定。
③大守様（隠岐守）・御一門お立ち合いの場合の用意。
④切腹の礼式の調査および諸道具の用意。
⑤行列警固の手配。
⑥寺院への応対。
⑦老中・目付衆への付け届け。
⑧上下の兵粮《ひょうろう》確保。
その他こまごまとした箇条にわたった。

朝栄は命じられたとおり、敏速に先例を調べたり、慣行を確認したり、全項目について回答を立案し、上部に答申した。一仕事片づけてほっとしたところに、折り返し密命が下った。またぞろ大目付渡部甚之丞が立ち会って、浪士たちが切腹と決まった場合、朝栄に大石主税の介《かい》錯《しゃく》を仰せ付けるというのだ。「その方の答申内容が非常にお役に立ったので隠岐守のご機嫌にかなった。よって介錯人の重任を申し付ける」という風に話は進んだ。朝栄個人の意見が切腹・助命のどちらであったかは記されていない。もしかしたら、潔《いさぎよ》く腹を切ったほうが主税らしくて清々しいと考えていたかもしれない。しかし心中でどう思おうとも、朝栄は身分上、一介の御徒目付であり、なんの発言権もない。藩命にはただ諾々と従うほかはなかった。

あるいは朝栄が知らない上のほうで、赤穂浪士切腹の方針は既成事実になっているのかもしれなかった。じつはこのとき、お預り十人衆それぞれの介錯人はすでに内定し、人選も済んでいた。朝栄の思惑を超えて、事態は定まった軌道の上を走るように主税の切腹に向かって進行していた。

六

あらかじめ主税の介錯人になると知らされたときから、朝栄がこの年少の預り人に向けるまなざしは以前に比べるとかなり変っていたに違いない。やがてわが手にかけるはずの相手に注がれる視線は、一種の愛情に濡れていたともいえる。あと何日かしたら確実に死者の数に入る相手を、それと知らせずに眺めているのは妙な気分だった。向こうは死ぬ覚悟はできていても、まさか執行がもう日程に上っていることまでは知らない。しかも自分の命がこちらの手にゆだねられているのを知らぬままに端然とふるまっているのだ。その健気な姿は朝栄に父性愛に近い親密感を起こさせた。

去年の十二月二十五日以来、浪士たちは二つの小屋にまとめられたので、朝栄が見まわる部屋にはいつも五人の浪士衆が顔を揃えていた。大石主税・堀部安兵衛・不破数右衛門《ふわかずえもん》・中村勘助・貝賀弥左衛門の面々である。

毎日のように部屋を訪ねた朝栄は、たちまち五人との間にごく深い信頼関係を作りあげたが、いち早く主税と堀部安兵衛が特別の感情で結ばれていることを見て取った。男女の間柄だったら「ただならぬ仲」とでもいうところだろうが、この二人をつなげている不可思議な情愛をさてなんと形容すべきか朝栄にはわからなかった。

俗世間では二人の関係を「念者」「若衆」と呼ぶかもしれない。しかしそこには、そんな月並みな表現では片づけがたい、なにか激情的なものが孕まれていた。朝栄は、藩役人としての社会生活の必要上、遊所・悪所の経験がなかったといえないし、また、その一角に「陰間」「色子」などの種属がいることももちろん承知していた。でも朝栄が想像する男と男の交情にはなんら肉欲の成就が関与する余地はなかった。その潔癖さには、たとえば明治時代に、処女崇拝主義者の書生連が遊郭で性欲を発散させながら、恋愛対象とはプラトニックな関係を維持したのと似たところがあった。

堀部安兵衛が主税を見る目には、年の離れた弟を庇護するやさしさと少しでも理想から外れたら容赦しない厳しさとが共存してあたたかに和《なご》み、それにこの得がたい弟分への烈しい独占欲が加わって容易に人を寄せつけない光があった。主税が安兵衛に返す視線にも天下の剣客に保護されている安心感があふれていると同時に、もし自分の期待に添わなかったら許さんぞという気概に満ちていた。二人が目を見交わす視線の熱っぽさはまさに独特で、そこに二人だけの世界が出現している塩梅《あんばい》で、他の三人はいないも同然に無視されていた。

不破数右衛門は、堀部安兵衛と同じく三十代そこそこの年だったたから、衆道の機微もよくわかっており、朝栄が目顔で尋ねると、訳知り顔に二人を見やってうなずいてみせた。中村勘助と貝賀弥左衛門は、当時の感覚からすれば高齢者に属し、朝栄とほぼ同年配だったので、若い連中の情動からは一線を画して超然とかまえていた。

一番小屋での五人衆の日常はそんな雰囲気で淡々と流れているようだったが、じつは五人とも、けっして口には出さないが、最後の日がついその先に迫っていることを重々承知していた。いわばお互いを末期《まつご》の目をもって見まもりあっていた。一人ひとりがあたかも死への出撃を待つ特攻隊士のように独特の威厳を醸《かも》し、なまじっかの同情やいたわりを峻拒《しゅんきょ》して突き放す距離を保っていた。

朝栄の気持は複雑だった。この若者はいずれ自分の刃《やいば》にかかるという思いは、一本気な古武士をほとんど懊悩させた。刀を一閃《いっせん》すれば、首は胴から離れて地に転がるだろう。人の生命を絶つとは、相手を押し伏せて思いのままにするに等しい。主税がまるごとわが物になるのだ。そのとき、自分の感官はどのような感触を覚えるのだろうか。鋭刃が若者の頸椎や血管を断ち切る瞬間、どんな戦慄がわが身を貫くのか。そう考えると、朝栄の心は不思議にときめいた。

そのときめきの情感は、遠い童貞の昔、初めて女性と交わる前に身体を燃やしていた未知の感触への憧憬、まだ見ぬものにたいする眷恋《けんれん》、正体不明の好奇心に似ていた。この若者を斬るのはつらかったが、さりとて、介錯役を人に譲る気はさらさらなかった。

二月三日、月番老中の稲葉《いなば》丹後守《たんごのかみ》（正往《まさみち》）から内意があり、「預り人十人の切腹が近々のうちに仰せ付けられる。その用意をしておくように」と知らせてきた。かねて予想していたことであるが、あらためて諸役人へ内々に通知する。

すでにリハーサルは済ませてあった。

四つ半時（午前十一時ごろ）、正式に老中連名の奉書が到来した。いよいよ赤穂浪士全員の切腹刑執行が命令されたのである。隠岐守はただちに中屋敷に出向き、奉書を拝受する。

この日のこと、久松松平家によく出入りしていた御小人目付《おこびとめつけ》の池田仁兵衛なる男がやってきた。この役職は御徒目付の下役で、変事の際の立ち会いや牢屋敷の見まわりなどの業務にあたった小役人である。禄高も十五俵一人扶持と低い。そんな男に限って直参風《じきさんかぜ》を吹かせて威張るのだ。この日は、切腹の古例について話すといって、神祖家康公以来のしきたりを物語りはじめた。「常に切腹が済んだら必ず首実検をするのが定法でござる。その仕方《しかた》はこれこれこんな風にじゃ」と仕方話までやってみせる。

松平家では気を遣って人払いをし、料理を出してもてなす。仁兵衛はいよいよ図に乗って、しまいには「大石（主税）どのの介錯はどなたがなさるのかな？　その人と談じ申そう。二人目からは最初のなさりかたを見て、そのとおりになさればよかろう」と長広舌を振るいだす始末だ。

これには朝栄もコチンと来て、「じつは、大石どのの介錯のご内意を申し付けられたのは身共《みども》でござる。首実検のことは、武法でたいへん重々しい習いのあることで、隠岐守の家も神祖以来の古い家柄でござるゆえ、お預り人ぐらいの首実検などで困ることはござらぬ」と一発かました。それから言葉をやわらげて「それでもお心添えありがとうございる。隠岐守に申し聞かせたらさぞや満足するでござろう」と穏やかに挨拶する、オトナの対応である。

仁兵衛もやっと気がついたようすで、それからは尊大な態度を改め、酒食を平らげて帰っていった。朝栄もおおいに面目を施したことであった。隠岐守にもよい応対であったそうだとお褒めにあずかったが、本人の偽らざる気持ちは大切な主税の最期という晴れ舞台を小役人ごときにいじりまわされたくなかったのだ。

二月四日になった。早朝から風呂の用意をさせる。朝餉《あさげ》を済ませるとすぐ入浴させ、髪を結わせる。衣服はお差図のとおりに着替えられるように小袖の上着・下着、上帯・下帯、足袋・鼻紙・扇子など新しいのを取り揃えて広蓋《ひろぶた》（衣装を載せる大型の盆）に入れて出した。十人衆は平常のようにニコニコしながら談話し、薄茶を飲み、煙草を吹かしながら時間を移す。

未《ひつじ》の刻（午後二時ごろ）、十人を駕籠に乗せて無刀の番人が警固し、広間の御徒番所へ運ぶ。ここでまた茶などを出すが、十人衆の応対は至って機嫌よくにこやかに会釈を返すので、屋敷の人びとはその落ち着きぶりに感服せずにはいられなかった。

じつは巳《み》の中刻（午前十一時ごろ）、検使とその下役連はすでに中屋敷に到着していた。だが、屋敷からお相手をする役人が出て懸命に応接し、昼前は菓子・茶・煙草でもてなし、昼になってからは二汁五菜《にじゅうごさい》の料理を出して必死で時間を稼ぐ。というのは、久松松平家にデマとしか思えないトンデモナイ虚説——「浪士たちはいちおう首の座へ出されるが即刻ご赦免になるはずだ」という風説が広まっていたのだ。万一これが実説だったらと一縷《いちる》の望みを託した者もいた。隠岐守自身もだいぶ迷ったらしい。切腹の執行は申《さる》の刻（午後四時ごろ）近くまで遅延した。

業を煮やした検使は「隠岐守殿がご出座されなくてもよい。家老衆だけの出座でよい」と言い出し、松平家もやむなく用意が整ったと返事する。

大石主税以下の十人衆が、控えの場所にあてられた御徒番所から敷居を滑り入って広間に列座する。型どおり、一同に向かって判決文の読み上げがあり、列座した十人は平伏してこれを聞く。大石主税が少し首を上げ、「ご上意の趣、有難く存じ奉る」と返辞をいう。堀部安兵衛が「いずれも武士の本意を達した上、武士らしく切腹を仰せ付けられたご上意の趣、まことに有難く存じ奉る」と言葉を添える。検使は「ゆるゆると支度召されよ」と言い残して一時別室に去り、すぐさま切腹場がしつらえられた。

大書院の庭に切腹の座が作られ、畳を二枚敷いて上に浅黄色の布団が二つ重ねられて置かれた。この座を検分の衆が何重にもなって着座する。高い位置から順に、大書院の内縁に検使の幕府目付と御使番、外縁（濡れ縁）に御徒目付、白砂に薄べりを敷いて御小人目付、庭の露地の外に御使衆《おつかいしゅう》。その他、内外両縁側や白砂の左右には藩士たちが身分に応じて着座したり、蹲踞《そんきょ》（うずくまる）したりしていた。切腹の座の背後には持筒同心が鉄砲の用意をし、足軽が白衣《びゃくえ》を着て一人ずつ控え、非常に備えていた。

そんな満座の視線を注がれながら、切腹人は一人ひとり、その場へ呼び出されてゆくのである。

御徒番所にいる主税に藩目付が声をかける。

「大石主税殿おいでください」

「かしこまりました」

こう返事をした主税に、側にいた堀部安兵衛がいった。

「私もいますぐ参りますよ」

二人でたがいににっこりと微笑を交わすと、主税は立ち上がり、広間の正面に居並ぶ物《もの》頭《がしら》衆《しゅう》の前で歩を止めて会釈する。

介錯人として切腹場に待機し、主税の一挙手一投足を注視していた朝栄は、この一瞬、主税と安兵衛に鋭い嫉妬を感じた。まもなく冥界に行ってしまう主税にたいして、自分も無量の情愛を覚えているのに、忍ぶばかりで先方にはいっこう届かず、安兵衛と連れだってどこかへ去ろうとしていると思うと、なんだか無性に息苦しかった。

それから主税は藩目付に案内されて切腹場の布団の前に来て、検使のほうへちょっと視線を送ると座り、左に顔を向けて朝栄に会釈した。昼夜となく出入りして顔見知りだったので微笑したのだ。朝栄も黙礼して応じる。役人が小刀を載せた三方を主税の前に置く。主税は小刀を手に取った。

その後はすべてが夢のなかでのことのように経過した。『波賀清太夫覚書』には二行割注で

「この気合は大きに口伝《くでん》」とあるのみ。多くを語らないのである。朝栄は作法どおり、主税が小刀を取ろうと上体を前に傾けたところで、すかさず刀を一閃させた。手練《てだれ》の業で手許《てもと》は狂わず、主税の首は一瞬で前に落ちた。その瞬間、両腕から脊髄にずんと響いた筋肉感覚は生涯記憶されるだろう。鋼刃が頸部の筋骨を断ち切った刹那、朝栄は、これで主税を永遠にわが物にできた独占感と限りなく貴重なものが手からすべり落ちたような喪失感とを二つながら同時に味わい、射精を終えた牡のように満ち足りた疲労にひたった。

元禄不義士同盟

一

「なあに、もう兜《かぶと》がいるものか。主君の敵《かたき》は大石一党が討ってしまったから戦《いくさ》はあるめえよ。売っちまえ、売っちまえ」

「うんにゃ、戦のためなんかじゃねえ。鍋焼きをするときに、鍋の代わりをする物がなくっては困るだろう」

「イヤハヤ、とんだ侍だ」

「侍もヘチマもあるか。どうせこの先もう戦はねえんだから、侍をやっててもしかたがあるめえ」

「違《ちげ》えねえ、アッハッハ」

一同、「アハハハハ」

ここは芝伊皿子《しばいさらご》の武家屋敷街のはずれ、町屋との境目にある荒れ屋敷だ。去年の大地震では潰れなかったと見えて、まわりには崩れかかった土塀をめぐらし、庭の片隅に小さな稲荷《いなり》の祠《ほこら》も残り、母屋の横手には竹の木戸もしつらえてあって、殊勝らしく寒竹の垣根も設けているが、やはり屋敷を蔽う衰退の色はどうしても消せない。玄関正面には繕《つくろ》った跡のある屏風が飾ってあり、前に古びた鎧櫃《よろいびつ》が据えられている。それを囲んでしきりに騒いでいるのは、月代《さかやき》もろくに剃らず、百日《ひゃくにち》鬘《かつら》ほどではないがそろそろ五十日鬘くらいに見えるまでには髪を伸ばした浪人姿の二、三人である。いずれもすれっからした身なりをしているうえに、目つきも下卑ている。

それを遠巻きにする格好で及び腰に立ち、この連中が訳もなくはしゃぐのに困りきったり、苦りきったりしている町人たちは、この家に押しかけてきた掛け取りらしい。主《あるじ》の名を使ってやたらに飲み食いし、いっこうにツケを払わないのに業を煮やして取り立てにきているのだ。酒屋の手代・蕎麦屋の出前もち・魚屋の小僧が顔を並べている。質屋の番頭もまじっていたのは月々の利子の支払いも滞っていると見える。

払え払えぬの押し問答の末に、とうとう浪士のひとりが質屋をポカリとやったものだからさあ質屋がおさまらない。

「コレお侍さん、あっしをぶたしゃったの。このままじゃ済まねえぞ、済まねえぞ」
「ぶったがどうした。うぬ、叩っ殺してくれるわ」
「コレサ、もうよいではないか。相手は町人、うっちゃっておきなされ」
「ぶっても張り合いのないヨイヨイではないか。死なれたら面倒だ。そのくらいにしておくがいい」

「なんだ？　ヨイヨイだ？　あっしゃあまだ若いぞ。舐めるんじゃねえ」

「そうか。それじゃ望みどおりにしてやるワ」

乱暴な奴がいるもので、嵩《かさ》にかかって質屋に躍りかかり、頭をポカポカ。引き分けようとする者やら、まわりでオロオロする者やら、ただ騒ぎ立てる者やら、浪士たちと掛け取り連が入り混じって収拾のつかない混乱だ。

と、そこへひとりの年輩の武士が帰って来かかり、ようすを看て取ると足早に近づき、摑みあいのなかに割って入る。羊羹色《ようかんいろ》に古びた羽織袴を着け、腰には同じように古物然とした大小を帯びて威儀を保とうとしている。だがよく見ると、手に提げた籠に蛸《たこ》と樒《しきみ》の花をいっしょに詰めこんだ奇妙な格好だ。

「どうした、どうした。主《あるじ》の留守に大勢で喧嘩をされてはいかい迷惑」

「これは九郎兵衛《くろべえ》どの。ご無礼つかまつる。ここな質屋めが、貸しを返せの利子を払えのと口さがなく言いつのり、あまりに悪口雑言を重ねるので、思わず打擲《ちょうちゃく》いたしました」

「モシモシ九郎兵衛さま。せめて利子をきちんと入れてくだされと申すのはこの商売の常。それなのに、このお侍さんがひどくぶちましたわいの」

「コレコレ、質屋の番頭、そんなに声高《こわだか》にいうものではない。身共《みども》も、いまは浪人こそいたせども、昔は赤穂藩浅野家の家老職を務めた大野九郎兵衛。世が世ならそちなどと口を利く身分ではないぞ。みだりがわしい。静まれ、静まれ。（浪士たちに向かって）貴殿らもまた留守をしながら、こんなふうに家を取り散らかしおって」

「ご免くだされ。それはわれらが悪うございました」

「コリャ質屋、この九郎兵衛が挨拶じゃ。そちも堪忍《かんにん》してくりゃれ」

「ハイハイ、おまえさまがそうおっしゃるなら私も立つというもの。ここはおとなしく引き下がりましょう。お侍さま、大きに不調法《ぶちようほう》をいたしました」

「それでよい、それでよい。では、仲なおりといたそうか」

「（一同）それがよい、それがよい」


飲むことになるといやに行動力のある手合いが揃っているので、あっというまに酒が工面され、さっそく誰憚らぬ酒盛りになった。

酔いのまわりもはやく、すぐに皿小鉢を叩いてドンチャン騒ぎになる。

折から九郎兵衛の浪宅の門前に佇《たたず》む怪しげな人影があった。黒羽《くろは》二重《ぶたえ》の袷《あわせ》に白献上《しろけんじょう》の帯を巻き、朱鞘《しゅざや》の大小を落とし差しにしたどこかで見たようななりをしている。深編笠をかぶっているのは世を忍ぶ姿と見えた。読者もよくご存じの、『仮名手本忠臣蔵』五段目に姿を見せる定《さだ》九郎《くろう》である。劇中の斧定九郎《おのさだくろう》のモデルが大野九郎兵衛知房《ともふさ》の嫡男大野群右衛門《ぐんえもん》であることは知られているが、元禄十七年（一七〇四。三月十三日に改元して宝永《ほうえい》元年）二月四日にこうして生きているところを見ると、定九郎が五段目の舞台で早野勘平《はやのかんぺい》の銃弾で落命したというのはどうも誤報にもとづく狂言作者のデッチアゲだったらしい。ともかく、いま、ここ九郎兵衛浪宅の門前に姿をあらわした定九郎はこんな独白をする。

「なんの因果かこの定九郎、宿世《すくせ》いかなる業因《ごういん》にや、浅野代々の家老職、大野九郎兵衛の倅《せがれ》と生まれ、十五の年より御近習《ごきんじゅ》勤め、ひたすら故主に忠義一筋。シタガ子の忠心に似もやらず、父九郎兵衛は不義士と呼ばれ、犬畜生と罵られるが、わが心底は純粋無垢《むく》、親とひとつでないことを、せめて草葉の亡君に、申しわけをばいたさんと、幸い今日は一周忌、亡き朋輩《ほうばい》を手向《たむ》けんと、引き寄せらるる泉岳寺、その片ほとり伊皿子の、父の隠れ家に行き会うも、亡主の霊の導きか、はたまた親子の因縁か、サテモ不思議な冥合《めいごう》じゃなあ」

と、なかへ入り、

「親仁《おやじ》さま、定九郎めでござります。ご無沙汰しておりますが、ご堅固《けんご》の体《てい》、喜ばしう存じます」

「アア倅か。久しう便りもよこさぬのになにを思うてきたのじゃ？　……アコレ皆の衆、こやつが身共の倅、いつも話す定九郎と申す者じゃ。親とは違う実体者《じっていもの》。鳶《とび》が鷹《たか》とやらで困った生まれさ」

定九郎は住まいのようすを見て、

「噂にたがわぬ無法暮らしの親仁さま。さりながら、浪人なされても鎧櫃だけは手放されず、さすが武士を忘れぬご気質とお見受けいたしまする」

「アアこの鎧櫃か。鎧はもう具足屋へ売ってしまった。残った櫃はこれから米櫃にして重宝するわ。……ヤイ倅、おりゃ《俺は》だんだんと寄る年、気ままに暮らさいでは楽しみがない。おまえのように偏屈では世渡りはならぬぞ。さればこそ浅野のお家断絶のときも、あの物堅い大石が、心を尽くして亡君の仇上野介どのを討ったところで、忠義の武士と言われただけ、命を助けようという者もなく、四十七人が残らず切腹。なんとまあ、割に合わない話ではないか」

「…………」

定九郎はうつむいたまま必死で考え詰めている。長い沈黙だった。九郎兵衛は所在なげに膳の上の蛸に箸を伸ばす。

と、定九郎が急にキッとなっていった。

「イヤモシ、親仁さま、今日は切腹いたせし四十七士の一周忌、たとえ志は違うとも、せめて今日一日は精進のため、魚肉を絶つのが筋でござろう」

「古朋輩の命日ゆえ、この蛸を食うなとは、若いに似ず愚かなことをいうものじゃ。むかし平家の侍は壇の浦で蟹になったそうじゃが、浅野の侍が蛸になったという話は聞かぬわ」

「親仁さま、ソリャ情けないお心。世上の口の端に、不義士といえば赤穂浅野の大野九郎兵衛と物のたとえにもなっているのをご存じなきか。エエ、わが親ながら見下げ果てたお人じゃのう」

「なんだ？　不義士だ？　不忠者とは言わりょうとも、不義士呼ばわりされる覚えかつてなし。その不義士とはワレがこと、親の不評判を言い立て（口実）に勝手にグレ、聞けば追剥・強盗も働いた由。それでもワレはわが親を不義士とばかり思いおるのか。エエ、こな不孝者めが」

二

定九郎はなにか決心したようすで不意に立ち上がり、懐からかねて用意の呼び子笛を鋭く吹き鳴らす。と、それに応じてどこかから黒覆面・黒装束に身を包んだ一隊が十何人か出現し、キビキビと動いて、九郎兵衛と酒盛りをしていた連中をたちまち取り囲んだではないか。

「な、なにをする？」

と九郎兵衛。

「なにをするとは知れたこと。世の非道から生まれた不義士の一団が今日これから旗挙げをするのだ。われらは世の非道を許さず。堂々と大義の、いや、大不義の旗をひるがえすのだ。世に大義はおこなわれず、杳《よう》としてありかは知れず。われらは不義をおこなって世を警せんとす。頭目はやつがれ大野定九郎。続く手下の面々は」

言下に黒装束のひとりが進み出、覆面を脱いで九郎兵衛に顔を見せて会釈し、名乗りを終えるとまた顔を隠して元に戻る。以下一人ひとりが順繰りに同じ動作をする。

「奥野将監《おくのしょうげん》が一子、奥野勘解由《かげゆ》」

「高田郡兵衛《たかだぐんべえ》が一子、同姓郡右衛門《ぐんえもん》」

「進藤小四郎《しんどうこしろう》」

「小山源六郎《こやまげんろくろう》」

「岡本次郎吉《おかもとじろきち》」

「河村伝之助《かわむらでんのすけ》」

……以下の姓名は省略するが、いずれも物騒《ぶっそう》な気魄《きはく》を精悍《せいかん》な顔にみなぎらせて挨拶する。

「ナント貴殿らはいずれも、大石一味と縁を切った面々の倅どもではないか。揃いも揃ってなにを始めたのじゃ？」

一同は覆面した顔を見あわせて目と目で意を通じていたが、やがて高田郡右衛門が全員の代表格として一歩進み出て口を開く。

「おっしゃるとおり、われらはみな浅野の不義士連と言われたお人たちの継嗣《けいし》でござる。やつがれの父郡兵衛が常々申せしには、去々年の討入り前、父と大石どののとのあいだには堅い申しあわせがあったとのこと。大石どの一党の討入りで必ず敵吉良どののみ首《しるし》が挙げられるとはかぎらぬ。用意周到な大石どのは、万一仕損じがあった場合を考慮なさって、第二陣を備えておられた。が、討入りはわずか一度でみごとに功を遂げ、大望は成就。それは疑いもなく慶事であったが、第二陣に配置された同志たちには身の不運になり申した。

討入りの翌朝、四十七人が意気揚々と泉岳寺まで引き揚げたとき、父郡兵衛は心から喜んで祝いを述べにその行列へ駆けつけたそうな。これで自分の出番がなくなったことはよくわかっておった。それでも嬉しくて声をかけずにはおられなんだそうな。泉岳寺に祝儀酒をもっていったのもまったくの好意からだった。心底から大望を成就させた同志をねぎらい、いっしょに喜びあいたかったのじゃ。

　ところが、それが無になってしもた。せぬほうがよっぽどマシじゃったかもしれぬ。討入りの第二陣が用意されていたことはもちろん厳秘されていたから、それを知っている人間はきわめて少なかった。大石どのは浪士仲間の誰にも秘密を漏らさなんだらしい。原惣《はらそう》右衛門《えもん》どのも吉田《よしだ》忠左衛門《ちゅうざえもん》どのも主税《ちから》どのまでもが計画のあったことを知らされていなかった。

　父郡兵衛はそんなところへノコノコ出かけていったものだからひどい目に遭わされた。不義士よ、裏切者よ、卑怯者よとあらんかぎりの罵詈雑言《ばりぞうごん》を浴びせられ、嘲弄《ちょうろう》され、あまつさえまだ若く血気盛んな同志たちにポカポカ打擲されたということでござる。そのつらさ・悲しさ・口惜《くちお》しさはいかばかりぞ」

　郡右衛門はなおもウラミツラミを延々と述べ立てるのだが、あまりくどくどしくなるので、ここで話体を変え、三人称叙述で記すことにしよう。

　そんな扱いをされても郡兵衛は大石と交わした秘密を口外することはなかった。心外だの、誤解だのと泣き言ひとつ言わず。すべてを胸に納めてひたすら恥辱に耐えた。人も知るように、高田郡兵衛は、槍をとったら赤穂浅野のご家中で随一の使い手だった。藩中の人びとにも尊敬の目を向けられていた。それが討入りから脱落したと思われたばかりか、四十七士が首尾を遂げたと見るや、さっそく尻尾を振りにきた追従者《ついしょうもの》と侮《あなど》られたのだ。

その日、屋敷に帰った郡兵衛はまるで人が変わっていた。昼間から酒を呷《あお》り、妻子がいくら諫《いさ》めても意見しても聞き入れずに飲みつづけ、すぐに廃人同然になった。

世人みんなから「不義士」としか見られなくなった人びとは、今後一生、その烙印《らくいん》を捺《お》されたまま生きていかねばならない。第二陣の討入り計画があったという事実さえ闇に葬られたのだから、第二陣に予定されていた人びとはもう大手を振って生きることはできない。闇のなかでひっそり暮らしていかねばならなくなった。

なるほどお上は、四十七士の子弟子女をご定法《じょうほう》どおり、連累の制にしたがって他家お預けにしたり、島流しにしたりして処分した。が、いずれ恩赦の沙汰が出て身分は回復するであろう。義士の遺族とあれば社会もあたたかく迎えるであろう。赤穂浅野家の旧家臣と聞けば、諸家から引きも多く、再仕官には困らないだろう。復仇成就《ふっきゅうじょうじゅ》の余禄である。ところが「不義士」の子弟はそんな待遇は受けられない。卑怯の血筋、犬よりも劣った腰抜け侍の子と後ろ指を差され、石を投げられて未来永劫《みらいえいごう》地べたを這いずりまわらなくてはならない。

世は曲がっている。どこかまちがっている。しかし、いざその曲直を正そうとしてもどこから手を付けたらよいのかわからない。切腹の判決を下したお上の裁定は、《仇討ちの挙に出た忠心は義にかなうが、行為は不法である》というものだった。正義ではあるが不法だとはいかなることか。そもそも事はお上の片手落ちから始まった。大政《たいせい》が私情を交えていてなにが

「公」か。なにが「正」でなにが「義」だというのか。もしも討入りが「義」なのなら、討入りの失敗に備えていた人びともやはり「義」ではないのか。少なくとも「不義」呼ばわりされるいわれはないはずだ。

いまの世には〝正〟と〝不正〟、〝義〟と〝不義〟を弁別するケジメはどこにもない。お上にはそれを判別しようともなさらぬ。さりとてわれら自身にも、自分たちは不義士ではないと主張することしかできず、それを明かし立てる手だてはない。

――こう長広舌を振るった郡右衛門はスッとした面持ちで定九郎に一揖《いちゆう》（会釈）して憤懣の言葉を締めくくった。

「われらは世に思われているとおりの『不義士』としてふるまおうと心に決めた。これからは進んで世に不義をおこない、非行のかぎりを尽くす。不義と知りつつ不義をおこなうのだ。われらには他に生きる場所はない」

定九郎も「よくぞ語ってくれた」とでも言いたげな表情でうなずき返した。居並ぶ黒装束の一団は、もちろん全身で賛意を表している。結束は固そうだった。

九郎兵衛は、まるで毒気を抜かれたようにその場へペタリと座りこんで、ずっと相手の話を聞いていたが、やおら座りなおして口を開こうとしたまさにそのとき、門前からいきなり声がかかった。

「上使ィ」

みなみなビックリ。黒装束の一団は敏捷《びんしょう》に反応して、すばしこく闇にまぎれた。定九郎は九郎兵衛に目顔でうながされ、次の間に隠れる。

「なんだ、上使だ？　上使といったら武家の玄関へ来るはずだが、ここは浪宅。昔は知らず今は浪人大野九郎兵衛の仮住居に上使の知らせとは、ハテ解《げ》せぬ。マアなんにしろ支度いたそう。コレ、貴様たちもお出迎えをせぬか」

さっきから意外な事のなりゆきにキョトンとしてうずくまっていた浪人連があわてて腰を上げ、玄関に行灯《あんどん》をともす。門前でまた声がする。

「上使！」

「ハイハイわかっております」

門を押し開けて入ってきたのは二人の裃《かみしも》姿《すがた》に正装した侍だ。平伏している九郎兵衛を尻目に上座に直り、威儀を正す。ひとりがおもむろに口を切った。

「身共ことは、火付盗賊改《ひつけとうぞくあらため》のお役を勤むる先手与力、松下岩五郎《まつしたいわごろう》。またこれに控ゆるは、同じく御小人目付、本山嘉平次《もとやまかへいじ》。エヘン、申し渡す一条は余の儀ではない。その方の一子定九郎儀、逐電《ちくてん》以来、東海道その他諸所にて追剝・強盗を働く段不届きにつき、人相書を配布してかねて探索中のところ、このたび同人親元九郎兵衛宅に立ちまわる嫌疑実正《じっしょう》、よって生死如何《いかん》にかかわらず、同人の身柄を引き渡すべし、とのお差図である」

続いてもうひとりが言葉を継ぐ。

「科《とが》のしだいは右のとおり。重罪犯せし大野定九郎、ただちに縛って引き渡すか、それとも腹を切らせるか。いずれにせよ用意をさっしゃれ」

「スリャ倅めは大罪人」

「とても逃れられぬ。サアサア定九郎めを差し出せ」

「そりゃ罷りならぬ。不承知でござる」

「ナニ不承知だ？　そりゃまたなぜ？」

「そもそもこの九郎兵衛が大石に一味せず、不義士と言わりょうと我意を通したは、浪人しても命をまっとうし、拙者も倅も生き延びて、大野の血筋を保たんがため。倅はだいじなツナギでござる。それを今、引き渡せの腹を切らせろのと益体《やくたい》もない言いがかり。馬鹿馬鹿しくて話にならぬわ」

「ヤア、言わせておけば過言な老いぼれ」

「手向かいいたすか」


と、主客どちらも刀に手をかけて立ちまわりになる。周囲がオロオロしている最中、九郎兵衛はいきなり、自分の刀を抜き放ってわが腹に突き立てた。


「ヤアこれは」

「驚くな、倅。定九郎だろうが九郎兵衛だろうが、どうで大野の罪は消えぬ。同じことなら、この年寄りがドロをかぶろう。俺が最期《いまわ》の望みは大野の血筋が少しでも長く延びること。そなたはここを生き延びて、世に不義士の意地を見せてくりゃれ」

「不義士の意地と言われると？」

「されば倅。最期に臨んだ今のいまこそ、わが本心を打ち明かさん。思えば、亡君ご切腹ののち、大石どのと談合し、たとえ吉良邸に討ち入っても万一仕損ずることもあらん、そのときは後詰《ごづめ》に控えて本望を遂げんと約定《やくじょう》せしが、思いの外に立派な仇討ち。俺はまったく無駄になり、あとに残るは不義士の汚名。ひとたび身にこびりついたら、金輪際《こんりんざい》落とすことはかなわぬ」

「お父上。いまぞわかりました。義士にも勝る不義士の心底」

「わかってくれたか、倅。そなたも一生蔭で暮らす覚悟を固め、不義士の筋を通してほしい。コレ倅、九郎兵衛が最期の願いじゃ」

こう言い終えるとガックリ落ち入る。定九郎は背後からその身体を支え、きっと周囲に目を放って叱咤する。

「こーれ！」

言下に、黒装束の男たちが闇からバラバラとあらわれ、二人の前にうずくまる。

「ご覧くだされ、お父上。この面々が世に物申す不義士の一党にござりまする。不肖なれどこの定九郎、曲がった世の不平不満をとりすぐり、これからひと暴れしてみせる所存。今日これよりお目にかけるは、一党の勢揃いにてござりまーす」

三

元禄十七年（一七〇四）二月四日、定九郎が率いる不義士同盟が旗揚げしたことはもちろん世間に知られていない。

世人は赤穂の盟約脱落者の子弟になにが起きたかにさえ関心をもっていなかった。なるほど討入りに参加して切腹した四十七士の遺児十九名は、同じ二月四日、年齢に応じて遠島あるいは親類預けの処分を言い渡されている。しかし、すぐ瑤泉院《ようせんいん》（浅野内匠頭未亡人）・広島藩（浅野本家）をはじめとする多方面から赦免願いが出され、宝永三年（一七〇六）八月の桂昌院《けいしょういん》（綱吉生母）の一周忌とか同六年（一七〇九）七月の家宣《いえのぶ》の将軍宣下《せんげ》による大赦とかの機会に次々と処分を解除され、幾人かは大名家や幕府旗本家へ再仕官している。御公儀からは連累制度によって罪人扱いされたが、世間は義士の遺児を好遇したのだ。

それに引きかえ、不義士とされた面々の子弟子女を待ち受けていた運命は悲惨だった。男子は仕官先から追放され、もとより再就職など思いも寄らず、女子は婚家から離縁を余儀なくされた。みんな名前を変え、素性《すじょう》を隠して偽りの人生を送るほかはなかった。そして今後も、子々孫々にわたってこの運命は引きつづき、先祖の汚名を背負って生きなければならないのだった。

元禄末年から宝永初年にかかるこの時期、赤穂遺臣団の一部に「不義士」と呼ばれた一団がいた事実は、あまり歴史に記録されていないが実際にあった。これはこの一時期に実在した、いま流行りの言葉でいえばオルタナティブ・ファクト（裏事実）の好例である。

最晩年の綱吉は立てつづけに凶運に見舞われた。綱吉凶事年譜といえるものができあがるほどである。そして、その凶運の連続はどうも赤穂事件の事後処理のまずさから始まっていたようだ。少なくとも世人はそこに明らかな因果関係があると見て取っていた。民衆社会で「判官びいき」が盛んになったのは、大石内蔵助以下が切腹させられたことと無関係ではあるまい。もし全員が助命され、なんらかのバラ色の結末が待っていたりしたら、はたしてこれほどの人気が集まったかどうかは疑問なしとしない。赤穂義士の最期に民衆の同情が寄せられるのに反比例して綱吉にたいする反感がつのったのは理の当然であった。

嫡子に恵まれず、長女の鶴姫に紀伊徳川家の綱教《つなのり》を婿に取って将軍世子に据え、やがて生まれるであろう孫に自己のＤＮＡ存続の期待をつないでいた綱吉には、この不人気は悪材料だった。綱吉はこの意外な不評判に落ちこんだ。もちろん、表面は強気で押しとおす。が内心では世評のゆくえをかなり気にしていたと思われる。

かてて加えて、綱吉の弱気にさらに追い討ちをかけたのが元禄江戸地震であった。この年十一月二十三日、つまり赤穂義士切腹と同じ年内、約十ヵ月後に起きたこの大災害は、二つのできごとのあいだに因果関係があるのではないかと人びとに想像させた。さっそく「亡魂地震」という言葉が作られたくらいである。

自分を儒教的君主になぞらえていた綱吉は「天譴説《てんけんせつ》」を信じる心が強かった。君主が君主の地位にあるのは天の命ずるところである。もし君主に不正があれば天変地異を通じて、天が譴責するという思想である。綱吉のそういう性格は『徳川実紀』にも「天地の災異を殊の外お恐れお慎みになって、ほんの少しでも変事があると、わが身に立ち帰ってしきりに反省された」と記されているとおりだ。元禄地震の発生もひょっとしたら、自分が赤穂事件の処理を誤ったからではないかという恐ろしい疑いが綱吉の心に浮かんでいたとしても不思議ではない。

なによりも激震が直接人間の身体感覚に与える物理的・心理的衝撃が、原始的な恐怖を呼び覚まさずにいない。
地震が起きたのは丑《うし》の刻（午前二時ごろ）だった。江戸城の揺れは激しく、綱吉も身をもって庭に逃れたが、城内は建物の破損がすさまじく、ほうぼうに死人・半死人・怪我人が転がり、櫓《やぐら》や土塀はみな倒れ伏していた。城外でも「江戸中の大名・旗本の屋敷、町屋の家作などの倒壊がおびただしく、そのうえ、相模《さがみ》（現・神奈川県）の小田原城が潰れ、安房《あわ》（現・千葉県南部）・上総《かずさ》（同中部）に潮がみなぎり、海民が多く漂流した」（『元禄年録』）とあるように被害は広域にわたった。
大地震当日だけでなく、余震やさまざまな異常気象が、その後長々と続いて人心を脅かした。夜が明けて続震、光り物が西から東に飛び、稲光が終日やまなかった。

二十四日、続震、雨、電光。二十五日、余震、大風、光り物、電光。二十六日、余震終日、光り物・電光前日の如し。二十七日、余震時々、光り物・電光前日の如し。二十八日、すべて前日の如し。二十九日、烈風、地震止まず、夜六つ半（午後七時ごろ）よほどの地震、光り物特別強い。（『甘露叢《かんろそう》』）。

こうした天象地気は連日続いて、当時の世相のベーシックトーンをなしているが、とくに印象的なのは十二月二十一日の記述である。この夜は満月だったが、やたらに大きく見え、周囲の暈《かさ》が赤い煙のように広がってふだんの月とは違っていた。……記録はさらに同じ調子で蜿々《えんえん》五月十九日まで続くが以下は省略。

激震から六日も経った十一月二十九日、小石川の水戸藩邸を火元にする大火災が江戸の町を舐めつくした。火は数日間燃えつづけ、本郷《ほんごう》・下谷《したや》・浅草《あさくさ》・本所《ほんじょ》・深川《ふかがわ》と次々に延焼し、十二月一日にいたってようやく鎮火した。被害人数は三万二千人に達したという（『徒目付千坂氏覚書』）

炎が通り抜けた先には大名屋敷や旗本屋敷がいくつもあった。火事の現場はわれがちだ。みなが自分は助かろうと押しのけあうのもやむをえない。「諸家の武士は槍・長刀《なぎなた》の鞘を払い、逃げ道の邪魔をする人びとを突き殺し、押し合うものを斬り捨てて道を作った」（『震火記』）と記されるような残酷シーンがあちこちで見られた。火事場がただちに修羅場になったのである。

未曾有の地震体験は日常の世界を一変させた。ふたたび元の現実に戻ることがあるのだろうか。これまで日常の現実を動かしていた世界原理とはまったく異質のなにかの力が作用しはじめたのではないか。もしかしたらこの天変地異は冥々の（人間の目に見えない）天意の発現ではないのか。

ただの言葉としてしか知らなかった「天譴説」がにわかにリアルな実感をともなって迫ってきた。

だが民衆の感覚では「天意」だの「天命」だのという小むずかしいことは願い下げである。

七面倒くさい理屈は受け付けない。もっと身近な、皮膚感覚で受容したものしか理解しないのだ。人間の深い怨み、悲しさ、口惜しさなどの情念である。最近、天地を動かすほど人間情念が動いた事件といったら、のちに「忠臣蔵事件」の名で世に広まる赤穂事件の他はない。ことによったら、天地が鳴動したあの地震は切腹させられた赤穂四十七士の怨念が起こしたのではないのだろうか。

元禄が宝永と改元された年の三月、幕府はこんな触書を出して、震災後の流言浮説を取り締まっている。

去年（元禄十六年）冬の地震について虚説を触れ歩いている者がいるようである。以前も町中に禁止を通達したが今も止めるようすはない。このごろは謡《うたい》や狂歌などにも作って触れ歩いているそうだ。今後は名主・家主が心がけ、そのような者がいたらすぐに捕え、月番の番所へ申し出よ。もしこれを隠し、よそからわかった場合には名主・家主・五人組まで落度として取り締まる。この段を厳重に申し伝える。（『御触書寛保集成』＃1623）

この文面によると、地震の直後からさまざまな浮説が江戸の町々に出まわっていたらしい。いつも大災害には流言蜚語がともなうものだが、この場合はたんなるデマではなかったようである。この浮説にはどこか「確信犯」的に肝の据わったところがあり、奉行所としても捨ててはおけなかった。不穏当な噂はいっこうにやまず、そればかりか謡曲のモジリやら狂歌仕立てやらの趣向で面白おかしく地震のニュース——地震の「真因」とか地震後の江戸城内の混乱ぶりとか——がどんどん世のなかに広められた。それがさらに口コミでルーモアやゴシップの尾鰭がついて膨れあがる。誰がやっているか見当もつかない。奉行所もよほど手を焼いたと見える。

綱吉政権末期の宝永初年には、巷にあふれる浮説やお上にたいする悪口雑言、誹謗中傷はほとんど野放し状態だった。落首《らくしゅ》・落書《らくしょ》（らくがきではない）のたぐいが勝手気ままに出まわっていた。宝永六年に綱吉が世を去り、将軍が代替わりすると、新将軍の家宣は旧政否定の立場からか、幕政への批判や諷刺を解禁こそしなかったが大目に見た。そのせいでこの期間は江戸時代には珍しく落首が表に出た時代である。伝えられている文献にも『宝永落書』（『温知叢書《おんちそうしょ》』5）、『宝夢録《ほうむろく》』（『未完随筆百首』6）などがある。

さきの触書の文面にも「謡や狂歌などにも作って」とあったように、当時の民衆がよく知っていた既成文芸がパロディ化されてニヤリと人の悪い笑いを誘ったのである。たとえば、四十七士に切腹が言い渡されたことをチクリと諷刺した狂歌（和歌のパロディ）はこうだ。

〽忠孝の二字を羽虫が食いにけり世を逆さまに裁く老中

（『赤城史話』元禄十六年）

「羽虫」とあるのには、綱吉の寵臣で側用人《そばようにん》柳沢吉保の受領名《ずりょうな》出羽守を利かしている。吉保は元禄十四年に美濃守《みののかみ》に遷任されるが、世間では出羽守《でわのかみ》の名のほうがよくとおっていた。世はこぞって赤穂浪士の道義を褒めそやしたのに、吉保その他の、時の老中たち（吉保は老中格だった）がケチをつけたというのである。

こんな狂歌（落首）をはじめ、いろいろな落書は、奉行所の触書が公布される高札や壁、目あてにした大名家の門扉などに堂々と張り出された。討入り後、浪士たちの身柄を預かった四大名家（細川・水野・久松松平・毛利）や吉良家の危難を見殺しにしたと世論で叩かれた上杉家は、格好のターゲットになった。それを読んだ好事家《こうずか》がまた面白がって筆写し、口コミに加えて写本にして人びとに伝えたので、ゴシップはいよいよ拡がった。

触れない方がよい話題のひとつは、地震と赤穂事件の関係をめぐる風説だった。あの惨禍はあの地震が「亡魂地震」だったせいにちがいないとする想念——もちろん幕府は妄想と斥けたが——は、後世から想像する以上に深く人びとのあいだに根を下ろしていたのだ。

幕府はその想念になにか失政批判に通じる危険な兆候を感じ、やっきになって流布を抑止したと思われる。当時の落首・落書類にあまりその記録が見あたらないのは、官憲によって抹消された文書が多かったせいだろう。しかし、なにごとにも取り残しはある。この俗説は江戸の町奉行の支配が及ばない遠い地域にまで拡散した。常陸《ひたち》（現・茨城県）笠間《かさま》藩にも江戸の情報が届いていて、赤穂浪士の切腹を報じた当時の記録（切腹の日時と場所を誤る）に、これを元禄地震と結びつけて、この災禍は「きっと浪士たちの亡魂地震にちがいない」（岡崎安二郎文書「記録書」、真壁伝承館歴史資料館蔵）と断定している。これなどは埋もれた記録の氷山の一角だろう。

天譴説と怨恨説とは本来別々の根から発している。前者は為政者に政治責任を問うが、後者はそんなことおかまいなしである。上層部は自己の言動が「天理」にかなっているかどうかを気にする。しかし下方の民衆の世界では怨恨だの祟りだの即座に応報が確かめられる非合理の情念が跳梁《ちょうりょう》する。正しいおこないをしたのに切腹させられた義士の無念は地震や噴火のように目に見えるかたちをとって晴らさなければ人びとの気持ちがおさまらないのだ。

たまたま綱吉は、ふだんから天変地異には非常にヨワイ人間であった。前にも触れたが『徳川実紀』にも「天地の災異を殊の外お恐れお慎みになって、ほんの少しでも変事があると、わが身に立ち帰ってしきりに反省された」と書いてあるくらいだ。「わが身に立ち帰って」とはつまり「天譴説」をひどく気にしているということだ。身のまわりの地震災害を見聞きするにつけ、この責任の一端は自分にあるのではないかという深刻な疑念が内攻して綱吉を苦しめていた。なかば自虐的で、なかばは裏返しのエリート意識であったが、そんな妄念がジリジリ綱吉を責めさいなんでいたことはまちがいない。

大野定九郎ら不義士同盟の徒党にとってみれば、それがなによりの付け目であった。意のままに強権を振るえる専制君主が治世末期にふと見せた気弱さの一面である。そこを衝かない手はなかった。それに便乗して利用するのだ。ご公儀が正道をおこなわない結果、世のなかには非道と不合理があふれている。天も怒りを発し、災禍を頻発させて、暗黙のうちに、いまや世に正しい条規は地を払ってないことを示している。見よ。赤穂事件に不当な裁決を下した元兇たる綱吉公とその身内には、あたかも見せしめのように、続けざまに不幸不運の連打が襲っているではないか。切腹の裁定を出したあるご老中のお屋敷では、その後夜な夜な門が怪音を発してきしみ、何回も壊されたそうだ。

社会に怪事件が相次ぎ、なにかと騒がしい世相になった。改元があった元禄十七年／宝永元年（一七〇四）は、一月から三月まで引きつづく浅間山の噴火で幕を開けた。前年十一月の大地震以来の自然のすさびはなかなか治らなかった。それに呼応して人間のすさびも盛んだった。二月には初代市川團十郎が舞台で殺害される事件が起きている。この役者は歌舞伎の荒事芸で有名だが、私生活でもずいぶん荒っぽかったのだ。また、幕府は市中で女巡礼の群行や念仏講で僧俗ともに提灯《ちょうちん》を掲げて群衆往来するのを禁止している。なにか鬱屈したものが外にあふれ出ようとしており、その気分が風俗の紊乱《びんらん》や華美で過激なふるまいのうちに発散されていた。江戸を囲む諸地域では小規模な地震・大水・飢饉・疫病が後を絶たず、それらのざわめきが時代のBGMとして一定の情調を鳴り響かせるなかで、追剝・押込・強盗などの犯罪や凶事が起こった。悪事のいくつかは集団でなされ、覆面と黒装束で出没する群盗団の先頭にはいつも大野定九郎の姿が見られた。群盗団とは、じつは不義士同盟の面々だったのだ。

この年四月十二日、紀伊綱教に嫁いでいた鶴姫が疱瘡《ほうそう》のため二十八歳で死去した。疫病の蔓《まん》延《えん》は貴賤を分かたなかったのである。そしてそれ以上に、鶴姫の急死は綱吉王朝の終焉をもたらした。綱吉の血筋はこれで途絶え、もう子孫を望めなくなったのだ。不義士同盟が快哉《かいさい》を叫んだことはいうまでもない。別に毒を盛ったわけではないし、呪詛《じゅそ》をしたわけでもない。あたかも綱吉自身の不徳が身の不幸を引き寄せたとでもいえそうな、不可測な摂理がはたらいたかのようだった。面々はただ悪因悪果の実相が目《ま》のあたりになったと世に喧伝《けんでん》するだけでよかったのだ。

翌宝永二年（一七〇五）六月二十二日、綱吉の生母で従一位という異例に高い官位にまで昇進した桂昌院が世を去った。もともとは八百屋の娘お玉《たま》だったこの女性が三代将軍家光の側室に成り上がり、家光の手がついて「お部屋さま」（男子を産んだ側室）として権勢を振るうにいたったかにはシンデレラ的なストーリーがあるのだが、ここでは省略。綱吉は自分の母親が朝廷から高位を授かるために元禄十五年に東下した勅使公卿にたいへん気を遣った。式典の場を血で穢《けが》した浅野内匠頭を厳罰に処したのもそんな事情があったからである。

定九郎一派は「それ見たことか」とばかり桂昌院の死を大々的に触れまわった。綱吉一族の殲滅《せんめつ》作戦が着々と進行しているという印象にはなった。すでに前年四月、娘の鶴姫が他界しているのに加えて今年は生みの母だ。綱吉はこれで誰ひとり寄る辺のない、天涯孤独な人間になってしまったのである。

四

効き目は覿面《てきめん》といえた。

呪詛や調伏《ちょうぶく》の効験があらわれるには発願者のなりふりかまわぬ実行――呪詛対象に似せた人《ひと》

形《がた》に釘を打って地中に埋めたり、相手の名前を付けたヤモリを黒焼きにしたり——はもとよりのこととして、なによりも大勢の後楯《うしろだて》がなくてはなるまい。人を呪い殺そうというのだから、怨みの深さは並大抵ではない。それに第三者の同調、「あいつなら人に呪われて当然だ、できることなら自分も一枚噛みたいくらいだ」という共感がバックにあってこそ呪詛はうまくゆくのだ。そして対象が綱吉とあらば、世に多くの賛同者がいて不思議ではなかった。

現に綱吉近辺にも、綱吉の寵を得てせっかく懐妊しながらもライバルの調伏によって流産させられた右衛門佐《うえもんのすけ》局《のつぼね》とか、綱吉自身が甲府宰相《こうふさいしよう》綱豊《つなとよ》(のちの家宣)を調伏しようとしたとかの生臭い話がいくつかあるくらいだ(『翁草《おきなぐさ》』巻之百三十一)。いったん呪詛・調伏をたくらんだ人間は、それらをされる側になってもしかたがない。

最晩年の綱吉は思うだに寒々と孤独な毎日を送っていたことと推測される。甥の綱豊を次期の将軍と定めた宝永元年(一七〇四)以来五年間ずっと綱吉は連日機嫌が悪く、臣下の好き嫌いも甚だしくなり、側仕えの役人はピリピリして過ごさなければならなかった。おそらく江戸中の人間がみな自分を呪詛していると妄想していたにちがいない。

実際には不義士同盟の数十人が中傷誹謗・悪評・デマのたぐいを選ぶところなくばら撒いただけなのだが、綱吉の弱った神経にはいちいちズシリとこたえたことだろう。

人間界の不評を裏書きするかのように、宝永四年(一七〇七)十一月、富士山が噴火し、空は暗く、江戸の町々は降灰で表情を変えた。まるで天が渋面を作って下界を睨んでいるようだった。宝永五年(一七〇八)三月八日、京都大火で御所が炎上した。夏には疱瘡・赤痢が流行し、冬にはハシカが蔓延した。ちょうど天災・人災が代わる代わるに綱吉を責め立てているような具合だった。

柳沢吉保はさすがに敏感だった。この抜け目ない政治家は、それまでに自己のキャリアの最後の仕上げをすませていた。

宝永元年には次期将軍と定まった徳川綱豊の後任として甲斐《かい》国甲府城と駿河《するが》国内に所領を与えられ、十五万千二百石の大名となっている。翌二年には駿河の所領を返上して甲斐の国内の所領を拝領、実質二十二万石をもつにいたる。そして宝永三年には大老格にまで上り詰めた。

このように一生のあいだ、綱吉と密着することによって権勢を伸ばしてきた吉保であるが、ついに宝永五年、いよいよ、コリャモウおしまいだと見切りをつけざるをえない末期状態が到来したのだった。

吉保は気を揉んだ。将軍家は、言うも憚り多いが、もうお長くはあらせらるまい。まだお目のお黒いうちに自分がしてさしあげられることはただひとつ、将軍家にたいして振りまかれている数々の悪評を根から絶つほかはない。

心を決めた吉保はある夜ひそかに大目付の幾たりかを自宅に呼びつけた。大目付は職制上でこそ老中の管轄下にあるが、大名を監視する監察官の役目も果たした重い権威のある役職だ。が、吉保は用心に用心を重ねて、いまいる大目付のうち松前伊豆守嘉広《まつまえいずのかみよしひろ》と横田甚右衛門重松《よこたじんえもんしげまつ》の二人だけに声をかけた。最近の大名たちの動静だけわかればよかったし、それに吉保の立てている計画をできるだけ探られたくなかったからである。吉保は嬉々として自邸にやってきた二人に、さりげない調子でその後の上杉家のようすを尋ねた。

「いまだに故弾正大弼《だんじょうだいひつ》さま（上杉綱憲）にたいする不平不満が後を絶ちませぬ」

と、伊豆守がご注進顔でいった。

「さようさよう。あたら吉良どのを討たせ、実の御子をお咎めの身にさせながら、元兇の浅野家に向かってはなんの一分も立てられなかった。上杉の士風に傷が付いた。謙信公の霊に申しわけない、と老臣どもが口々に嘆いているそうにございます」

と、甚右衛門が負けじと言い立てる。

「ははあ、そうであるか。だいぶ憤懣が溜まっているようだの」

吉保もなに喰わぬ顔で話の先をうながす。二人は天下のご大老の関心を引いたのが嬉しくて、あることないことを喋り立てる。

米沢藩上杉家では四代藩主綱憲（吉良上野介の実子）が宝永元年（一七〇四）六月に没している。実の父を殺戮されても報復しえなかった、失意悶々の死であった。その後、越後《えちご》（現・新潟県、上杉謙信の故地）以来の生え抜きの家臣団が勢いを取り戻し、色部《いろべ》・千《ち》坂《さか》の両家老家を中心に、吉良色を極力消して財政再建を図ろうとする派閥が力を得ている。

一方、上杉綱憲の実子で祖父上野介の後継ぎとなっていた吉良左《さ》兵衛《ひょうえ》義周《よしちか》は、幕府から「武道不行届《ふゆきとどき》」という理由で信濃《しなの》高島藩の諏訪安芸守忠虎《すわあきのかみただとら》にお預けとされ、二年前の宝永三年（一七〇六）一月二十日に没した。おそらく綱吉／吉保ラインとしては赤穂事件の裁定にたいする社会の批判をかわすためにバランスを取ったつもりであろうが、義周の遺骸が検死まで塩漬けにされたというような生々しい状況のもとで、吉良の臣下の憤懣も無視できない。

とりわけ討入り当夜、吉良邸の警固に詰めていながら不甲斐なくも上野介の首を取らせてしまった一部の「附人《つけびと》」たちの無念さ・口惜しさ・やるせなさといったら筆舌に尽くしがたかった。

「附人」連は、皆がみな勇敢に戦ったわけではない。吉良側の死者は十六人いたのにたいして、幕府の検死報告では「手負人」が二十人あまり、「無事人」が百人ほどいる。百五十人近く屋敷にいた人数のうち実動人員は三分の一ぐらいしかなかったことになる。警固の者のなかの上杉系と吉良系の反目。それが当夜の現場で、まさに決定的な瞬間に表面化してしまった。

殿中刃傷のうえ赤穂浪士の恨みを買った上野介を「御家の迷惑」と感じる上杉系の戦意が低かったのも道理だが、それだからこそ、懸命に防戦し、華々しく斬り死にした吉良系武士の果敢さが引き立つというものだ。そのなかには、小林平八郎《こばやしへいはちろう》・清水一学《しみずいちがく》・鳥居《とりい》理《り》右《え》衛門《もん》といった名だたる武芸者たち、また剣名はなくても獅子奮迅の働きをした人びとがいた。その子弟の若者どもが盛んにいきり立っているというのである。

その二世たちはどれもそれぞれに屈折した生い立ちをもっていたが、みな一様に父親譲りの、一度言い出したらけっして後に退かない頑固さを受け継いでいるという共通点があった。それがいつのまに申し合わせたのだろうか、異口同音にこんな物騒なことを言いはじめたではないか。

吉良の附人たちはみな雄々しく戦った。それなのに世人はこれを上杉系の家臣と区別せず、十把一からげ、いっしょくたにして卑怯者呼ばわりする。われらの父は断じて腰抜けではなかった。騎虎の勢いで襲ってくる赤穂浪人を相手取って逃げも隠れもしなかった。みんな立派に斬り死にしているではないか。いつまでこんなに不当な蔑視を受けるのか。これをいつまで我慢しろというのか。

われらは耐えた。じっと耐えた。耐えながら、いつかご公儀が、赤穂浪士の蛮行を事実上大義としたことをまちがいだったと認める日が来るのを心待ちにしていた。

しかるにご公儀は、そして世間は、武士の約定をみごとにはたして義気に殉じたわれらの父のおこないを、不義に方人《かとうど》（味方）するとして誚《そし》り、あまつさえ犬死と蔑《なみ》した。われらもまた、不義者の息子という烙印を捺されたまま一生を送らなければならない。死ぬまで世の暗がりで過ごさねばならない。われらは不義を生ききると天下に宣言するほかの生きかたはないのだ。

いま、左兵衛義周の代で断絶した三河吉良家の遺臣団、ありていにいえば附人直系の残党たちのあいだでは、こんな具合に思いつめた不穏な空気が渦巻いているようだ、と二人の大目付は話を結んだ。

「なるほど。さようであるか。相わかった」

吉保は権力の座について長かったが、いつも聞き上手で相手の気をそらさぬ話術に長けていた。二人が代わる代わる告げ口する上杉家の内幕をにこやかに聞き取りながら、笑みを絶やさなかった。しかし、目は少しも笑っていない。日ごろこの政治家に接している人間だったら、自分に警戒警報を発したにちがいない。これはいつも、吉保がなにか至急手を打たねばならぬことがあると感じたときに見せる表情だった。

元禄の泰平のさなか、突然起きた赤穂事件が世に広げた波紋は、予想を超えて大きかった。為政者にとって意外だったのは、破天荒な仇討ちをやってのけた赤穂浪士への同情が民衆のあいだで非常に強いことだった。幕府はそれに反応して、吉良左兵衛を重く罰し、さんざん批判を浴びた「片手落ち」の不備を帳消しにしようとした。が、これはかえって裏目に出たかもしれない。

綱吉批判の世論はいっこうに衰えないばかりか、天譴じみた大地震さえ江戸を襲っている。

後継ぎはなく、もう行末の見えている綱吉政権に、これ以上不安材料を与えてはならない。

探索によれば、最近赤穂の残党が徒党を組んで悪事を働き、安寧秩序を乱しているそうな。いま、またそれに主家を改易にされた吉良残党の剣呑《けんのん》な動きが加わったら――まちがっても両者が手を組む気遣いはないが――、社会不安の水位をいちじるしく高めるであろう。吉良残党の憤懣はいつ上杉家内部の政争に火を付けるかもしれず、ひいては、せっかく不発に押しとどめた浅野・上杉抗争を再燃させることになりかねない。いずれにしても、少しでも社会の静穏を乱すような事態を招いてはならないのだ。

吉保の頭は方策を案じ出そうとめまぐるしく転《まわ》りっぱなしだった。

しかし招かれた二人はそんなことにはいっこうに気づかず、出された酒に機嫌よく酔って、駕籠で送られて家に帰った。そのあとで自室に引き取った吉保は、それから深夜すぎまで誰も側へ寄せつけず、ひとりで想を練った。手遅れになる前に早々と芽を摘んでおいたほうがよさそうだった。しばらく考えていた吉保はなにか閃いたらしくパッと顔を輝かせ、安心したように寝所へ入った。

翌日、朝一番に吉保は自分と同じ側用人だった松平右京大夫輝貞《うきようだゆうてるさだ》（上野高崎藩主）の邸へ使いを走らせ、至急城中でお目にかかりたいと言い送った。吉保が頭のなかで立てている計画は極秘裡に運ばれる必要がある。全貌を知っている人間は少なければ少ないほどよかった。こんなときに安心して相談できるのは、これまでいろいろいっしょに危ない橋を渡ってきた輝貞ぐらいしかいなかった。二人で側用人として仕えてきた綱吉のお為とあれば、輝貞も危険を承知のうえで乗ってくるはずだった。必要なら御公儀黒鍬之者《ごこうぎくろくわのもの》を動かすことにも同意するだろう。側用人には他に戸田大炊頭忠利《とだおおいのかみただとし》もいたが、高齢だったし、次期将軍と定まった甲府綱豊に近かったので話からは外した。吉保が今もくろんでいることを実行に移すには、できるだけ関係者の数が少ないほうがよかった。城中の目立たぬ小部屋で内密に落ちあった吉保と輝貞は、近くから人を遠ざけ、なにやらひそひそ囁きあい、短時間で別れた。相談はすぐにまとまった。

その数日後、人目を忍んで江戸某所の隠れ家にひそんでいる大野定九郎のもとに一通の手紙が届いた。誰から来たのだろうと怪訝《けげん》そうに封を開き、さらさらと読みくだした定九郎はひとりうなずいてゆっくり手紙を巻き戻す。なにやら心得顔だった。そしてすぐ返書をしたため、また別に自分でも新たに数行書き足して仲間うちに廻状として出した。

それと同じ日に似たような手紙が吉良の附人の子弟たちの家にも舞いこんだ。最初にその文面に目を通したのは、吉良浪人不平派の首領株と自他ともに任じていた鳥居理大夫《とりいりだゆう》だった。討入り当夜、吉良邸で浪士たちを迎え撃ち、奮戦して相手をさんざん悩ませた末、ついに堀部安兵衛に頭を割られて斬り死にした吉良家用人鳥居理右衛門の子息である。幕府の処分に不服を唱え、圧政が作り出した平地に乱を起こすといきり立つ急先鋒だった。文字どおり、肝脳地に塗《まみ》れて絶命した父の無念をどうしても晴らしたかった。

手紙を読む理大夫の顔が蒼白になり、やがて紅潮した。表情の変化はそれほど激しかった。なにか感情を激発せずにはおかない内容が綴られているらしかった。理大夫はしばし気を落ち着かせるように瞑目していたが、やがて意を決して、大きくうなずくと立ち上がった。目には異様なまでの光が宿っていた。すぐさま、ほうぼうに人を走らせる。

連絡を取ってみると、理大夫の一党には全員のところへまったく同一文面の書簡が届いていることがわかった。果たし状だった。次のような文面である。

> われらは世に理解者を求めない。諸兄も同じであろう。われらは多くを語ることを好まない。諸兄もそうだろう。
>
> 理解を求めるまでもなく、諸兄はわれらを知り尽くしている。諸兄もまた、立場が異なるだけのわれらである。
>
> われらは共感できる。われらと諸兄とは同じ境遇にある。
>
> 決着を付けようではないか。ひとしく不義士とされ、この世に存在理由のない者同士が決着を付けるべきときは迫っている。

理大夫の家には、その日の夕方までに、いわば「吉良不義士同盟」のメンバーが続々と集まってきた。大須賀治兵衛《おおすかじへえ》、清水源内《しみずげんない》、須藤与市兵衛《すどうよいちべえ》、新貝玄蕃《しんかいげんば》、小堀元五郎《こぼりげんごろう》、左右田《そうだ》孫七《まごしち》……。いずれも討入り当夜、怯まず戦って討死した面々の息子たちだ。みんな何年もいわれなく浴びせられる屈辱に耐え、心に傷を負いながら生きてきた。この不条理きわまる人生から抜け出せる華々しい機会を探し求めていたといってよい。

実際、主君吉良上野介を不体裁に討たれたうえに、むざむざ首を取られた附人たちの評判はさんざんだった。世間の人びとが悪口をいうだけならまだしも、上杉の家中でも多くの藩士が後ろ指をさして嘲笑っていると知ったときはショックだった。それが証拠には、上杉家に伝わる『吉良断滅記』(『山形県史』資料編所収)という文書がある。

同書中では、上野介の身辺警護をするはずだった家臣の戦いぶりがこんな具合に書かれているのだ。

深手薄手を負う者員《かず》を知らず。たまたま手を負わざる者もそれを見て戦慄して、屋内にうずくまり、浅ましというもあまりあり。

男子の恥辱これに過ぎるものあらじ。

まったく同情がない。その結果、主君上野介の死にざまも、二十八ヵ所ズタズタに斬られ、「骸《むくろ》は肉びしおの如くなって地上に転ぶ」というありさまに語られている。

あれから六年！　吉良の附人およびその子弟家族縁者係累は、どんな気持ちでこの世を生きてきたことだろうか。顔に泥を塗られる、煮え湯を飲まされる、針のムシロ——そんなありきたりの形容ではとても言いあらわせない拷問の責め苦に遭うに等しい日々をすごしてきたのである。

だからこの「果たし状」を手にしたとき、面々が一様に味わったのが、これはいままで耐えてきた生殺し状態から抜け出るキッカケになるかもしれない、という解放感であったのも無理はない。

そんなわけだったので、理大夫宅に集合した一同はみなやる気満々だった。

これだ！　われわれはこういうチャンスをこそ待っていたのだ！　全員が眦《まなじり》を決して、異口同音に「受けて立とう」という気持ちになっていた。「宝永五年戊子極月廿八日辰。深川那須ヶ原」――この短い時と場所の指定さえあればそれだけで充分だ。那須ヶ原は、下野《しもつけ》（現・栃木県）烏山《からすやま》藩二代藩主の那須資徳《なすすけのり》が貞享《じょうきょう》四年（一六八七）、綱吉に改易され、その下屋敷が取り壊されたのち、荒れはてた空地になっていた場所をいう。深川の八右衛門新田という辺鄙《へんぴ》な新開地にあり、大の男たちが果たし合いをするにはお誂え向きだった。

一方、定九郎の家でも似たような事態が進んでいた。定九郎が急いで出した廻状は驚くべき速さで仲間うちを駆けめぐったと見え、ここにも赤穂不義士同盟の面々が押っ取り刀で詰めかけていた。定九郎が廻状で「非常事態」を触れたので、みんな頭に血がのぼっていた。とても指定された日時まで待ってはいられない。いますぐにでも手ぐすね引いて飛び出していきかねないようすだった。

そのなかでただひとり冷静なのが定九郎だ。まだ若いのに変に老成したところのあるこの男は、廻状をまわして人びとを焚きつけたくせに一同が集まってくるあいだにゆっくり考えをめぐらす余裕があった。舞いこんできた手紙を検分する。それには封の表に「大野定九郎殿」と上書きされているだけで、本文には名宛人も差出人も記されていなかった。

――では、いったい誰が、この「果たし状」を書いたのだろう？　という疑問がふと生じたのだ。

ひょっとしたら、この書状は「吉良不義士同盟」のではないのではないか。

それならば誰が？

ハハアと、定九郎の頭にはただちにひとつの名前が浮かんだ。「そこまでやるか」と思わず呻く。敵対する二つのグループの双方をけしかけて互いに潰しあわせる。冷酷な策略だ。こんな手のこんだ画策ができるのは、世間広しといえども例の御仁ぐらいなものだろう。またあのお人か。あのお人だったら「自分は善政をおこなっている」と信じている将軍家の体面を保つためにはどんな手立てだって講じかねない。だが、こうまで入り組んだ筋書きと図面が書けるだろうか。

別に確証があるわけではなかった。それにその人物の隠れた動機がなんであるにせよ、あの差出人不詳の手紙は赤穂不義士同盟の面々を奮い立たせるには十分効果があった。一同は「不義と知りつつ不義をおこなう」などというとなんだかカッコいいが、じつのところなにをしたらいいのかよくわからず、最近は手詰まり気味になっていた。正直いって、あの文面はみんなに具体的な行動目標を与える役割を果たしたのである。

だから定九郎は心中の疑念には蓋をして、同盟仲間が猛烈な闘争心を掻き立てるのに任せた。みんな相手が誰であれ、ひと暴れできるとなったら腕が鳴る性分ぞろいだった。定九郎は万事をなりゆきに任せることにした。先方のマキャベリズムに対抗するには、こちらも相当に人が悪くなくてはつとまらない。

全員が首を長くして待っているうちに、とうとうその当日になった。

前夜から定九郎の家に泊まりこみ、眠られぬ一夜をすごした同志たちは寝不足気味で朝を迎えた。いざ門出というときには、定九郎の女房お六が気を利かせて火打石でチョンチョンと切り火をしてくれた。

定九郎の隠れ家は江戸東郊の深川、といっても隅田川左岸の佐賀町にあった。さっき明け六つ（午前六時ごろ）を告げる時の鐘を聞いてから半刻（一時間）ほど経っていた。目的地まで歩いてちょうどぐらいだろうと見当をつけて、揃って家を出る。旧暦の冬至はもうとうに過ぎていたが、まだ日は昇りきっていなかった。定九郎に率いられた赤穂不義士同盟の十一人は、通行人の影もまばらな道路を進んで約束の場所へ近づいていった。できるだけ人目を引かぬ格好に身をやつしてはいたけれども、それでも大の男どもが固まって歩く姿は、事ありげに見るなといっても無理な相談だった。

五

めざす那須ヶ原は、隅田川を越してどんどん東に行き、北は小名木川《おなぎがわ》、南は海に挟まれた新造成地の八右衛門新田の一画にあった。近年——といっても五十一年前の明暦《めいれき》の大火このかた——江戸の東郊に市街地の拡張、宅地造成が進み、武家屋敷が移転してきたし、町屋もそれに劣らず広がった。とくに万治《まんじ》二年（一六五九）に両国橋が架けられてからその傾向は著しかった。しかし、市街地からちょっと出外《ではず》れれば、近くにはまだかなり田圃《たんぼ》や埋め立てたばかりの空地が残っている。寒々と広がる冬田は浅く水を湛え、腐りかけた刈株が点々と頭を出している。

このあたりは新開の武家屋敷地だが、並んでいるのはいずれも中屋敷・下屋敷・出屋敷といった規模の大名邸であり、全体として落魄感の強い一帯だった。その一画にあった建物を取り壊して更地にしたまま放置されて雑草がはびこり、野犬のねぐらになるまでに荒れ果てているのが那須ヶ原だ。さすが大名屋敷の跡地だけあってかなりだだっ広く、元は築山や枯山水だったらしい地面の凹凸も形をとどめていて、昔の残景がよけい荒涼感を漂わせる空地に寒々とした冬の日ざしが忍び寄っていた。

「おう、来たな」

野太い声がして、ひとりの浪人姿の男がぬっと枯草の茂みから立ち上がった。月代を長く伸ばし、顎に無精髭を生やしている。早くからこの場所に来ていて、定刻まで築山跡の物蔭に潜んでいたらしい。

それが合図ででもあったのか、同じような身なりの男たちが次々と自分の居場所で立ち上がった。腰を浮かせただけの奴もいる。総勢十一人、最初に声をかけたのが頭目株の鳥井理大夫だった。年来の鬱屈と無念を晴らせる念願の日を迎えて、今朝は人一倍意気軒昂《いきけんこう》として、同志をせっつき、卯《う》の刻（午前六時ごろ）からここ那須ヶ原に先行して要所に人を伏せさせ、赤穂組の到着を待ち受けていたわけだった。敵手あらわる！　と見て、真正面から声を発する。その表情はただ緊張しているだけでなく、不可解な嬉しさの情を隠しきれないという風情ののだった。そのせいか、声までが弾んでいた。

「赤穂のご一同でござるか。われらは吉良家に殉じることを大義と心得る面々十一人。見られるとおり、このたび書面にて申し入れられた趣意に応じて、ご指定の日時・場所に参上してござる。立場は違えども、われら多年の憂悶を晴らすにはまたとない格好の機会を設けてくださったことに感謝申す。いざ尋常に、心ゆくまで勝負せん。ご一同、見参！」

この声が聞こえたのは、定九郎を囲む一行がちょうど那須ヶ原の端、昔辻番小屋があったあたりの場所に来かかったときだった。背後で小名木川の水面が鈍く光り、南側には元大名屋敷だった三千五百坪（約一・一五七ヘクタール）のだだっ広い空地が広がっていた。赤穂組は弾かれたように足を踏み入れる。これで両派の不義士同盟二十二人がここで勢揃いするかたちになったわけだ。

理大夫の目がまっすぐ自分に向けられていたので、定九郎は自分が呼びかけられているのを直感し、一言応えるべき責任を感じた。

「心せよ、理大夫。ひょっとしたらわれらはともに、もっと大きな力に操られているかもしれないぞ。おぬしはあの果たし状は赤穂組が出したと信じているようだが、身共にはもちろん覚えがない。わが手下どももてっきり吉良組からもらったと思いこみ、本気で受けて立つ気になっている。危うし危うし。蔭で何者かの見えざる手が動いて、われらを死地に誘いこもうとしているぞ」

だがもう遅かった。

定九郎が口を開くより早く、吉良組の浪士たちは、ウズラが巣から飛び立つように、すばしこく身を潜めていた草叢から躍り出、無言のままこちらに突き進んできた。見る見る間合がつまる。定九郎を囲んで群がっていた赤穂組もやむなく前に進み出て迎え撃つ。

「清水一学の一子源内でござる。せっかく奮戦しながら〝少々戦い〟としか言われなんだ父の恥辱を雪《すす》ぐべく参上!」

「これは浅野家組頭奥野将監が一子、勘解由。父の汚名を晴らさん意気地のため、お相手つかまつる」

「吉良左兵衛用人須藤与市右衛門が一子、与市兵衛。父に加えられた嘲弄を見返すため、せめて一太刀」

「二心者と卑しめられた高田郡兵衛の息、郡右衛門なり。武士は相身互いゆえお相手いたし申す」

それぞれに目の前に来合わせた相手と挨拶がわりに言葉を交わしてから、いざと刃《やいば》を合わせる。たちまち二ヵ所に血煙が立ち、あとには、四つの死骸が転がっていた。申しあわせたような相討ちだ。残った両陣営の十八人はしばし言葉を失って顔を見あわせたが、また意を決して前に進み出る。

不義士と不義士が殺し合い、互いが互いを消去する。そんな絵に描いたような情景を目の当たりにして、定九郎の心頭にまたむらむらと「果たし状」にたいする疑念が兆してきた。しかし、それを言葉にする余裕はとてもなかった。しばらく息を整えた両陣営はふたたび新たな相手を求めて渡りあう。全員が死にたがっているような印象だった。すでに血が流れていることがよけい野性的な好戦性を高めているのかもしれない。片方がひとりを殪《たお》す。と、次の瞬間には、相手方に斬り倒される。多数が接戦するから次々とそういう場面が連鎖して、那須ヶ原の枯草に蔽われた地面に点々と動かぬ体軀が横たわった。その数は都合十六人。

これで双方が十人ずつ、全部で二十人が死んだ。生き残ったのは双方の頭目、大野定九郎と鳥井理大夫の二人だけだ。浅野方と吉良方にわかれて敵対する二つの不義士同盟は、こうしてあまりにも短時間に、あまりにもあっけなく文字どおり「相殺《そうさい》」されてしまった。

そのときである。
西隣の美濃岩村藩邸（松平能登守乗紀《のとのかみのりただ》、二万石）の土塀がどっと崩れ、一団の精悍な黒装束の男たちが十数人ばらばらと姿をあらわした。乗紀は元禄十五年に奏者番《そうじゃばん》に任じられ、当然吉保の覚えもめでたかった出世コースの大名である。この素性《すじょう》の知れぬ黒ずくめの集団も密命を帯びて昨夜から乗紀邸に身を潜めて待機していたらしい。男たちはためらわずまっすぐ二人に走り寄ってびっしり取り囲む。全員の黒覆面から非情な目だけが見えた。なんの感情も浮かんでいない。

「な、なにをする」

定九郎の抗議は無言で無視された。二人の男が万力のようにがっしりと両腕を押さえこむ。あえて抵抗せずようすを窺っていると、理大夫を押し包んだメンバーから特別に屈強そうなのが三人、無表情に歩み出て、無言で理大夫を斬り伏せた。血しぶきがわずか一瞬虚空に弾け、体軀は声もなく地に転がった。まるで事務手続きのような無雑作さだった。
これを見たとたん、定九郎の身体は反射的に毬のように跳ね上がった。いかん、いずれ自分もこうして消される！　死骸は他の二十一人と同様、この連中の手で隠密裡にどこかへ始末されるだろう。赤穂組も吉良組も、つまり不義士同盟のような者は、そもそも世に存在しなかったことにするつもりだろう。

この黒装束の一団こそ、誰もが名前だけ知ってはいるが、実在するのを見たことがない闇の組織。御公儀黒鍬之者でなくてなんであろう。

いったん動き出したら定九郎は全身これバネのように敏捷だった。摑まれた両腕を振り払う。と同時に腰の大小を抜き放ち、左右の二人を斬り倒す。これは、とあわてる一同を尻目に那須ヶ原を後にすると、韋駄天走りで深川佐賀町の自宅へ駆け戻った。

予感どおり、佐賀町の隠れ家は捕り手の大群に囲まれていた。なかに両刀を帯びている者もまじるのは、盗賊改も動員されているからだ。切り捨て御免だ。オカミはトコトンやる気らしい。こうなったらこっちもトコトンやるしかない。定九郎は群がる捕り手を端から斬りまくり、血刀を拭って鞘に納めると、

「源六郎《げんろくろう》（小山田《おやまだ》源六郎、定九郎の一の子分）、早くこの場を去ろう。いればいるほど、殺生をせにゃならぬ」

「合ッ点だ」

あまりの手並みに捕り方たちはすっかり気を呑まれてなんの手出しもできない。捕物陣のあいだにぽっかり廊下みたいに通路が開いたので、定九郎と源六郎は、まるで花道を行く役者のように悠々と通り抜ける。お誂えに、寺の鐘がゴーンと時を告げた。いつのまにか時刻は四つ時（午前十時ごろ）になっていた。

「お頭はこれからなにをなさいます？　お差し支えなくば知らせてやってくだされ」

「そうさな。ご公儀への怨みはまだ残っておる。これから代々の御身に祟るとするか」

「でもどうやって？」

「さればさ。ご当代さま（綱吉）の行末はまだ海のものとも山のものともつかぬ。が、次の公方は甲府綱豊卿と決まっている。そのお側には間部越前守《まなべえちぜんのかみ》とやらいう佞臣《ねいしん》がぴったり付いていると聞く。間部はもともと能役者出身で、綱豊卿の寵愛を受けて成り上がってきたらしい。どうやら柳沢と似たような匂いがするぞ」

「なるほど。読めてきた」

「間部はとかく八方美人で、女色のほうもけっこうこなすそうだ。それに綱豊卿の側室にお喜世《きよ》の方という女性《にょしょう》がいる。下世話ではとかく淫奔の噂が絶えない。間部と引っ付けたら味なことになるんじゃあないか。われらの企みには格好の狙い目だ」

「こりゃおもしろい。やるべし、やるべし」

「いや、とくには急がぬ。拙者の見当では、次の公方のご政道は色模様から崩れるであろう。奥女中連などは、みな下地はお好きときているから、先が楽しみというもの。ゆっくりと取りかかろう。まずは大奥に淫蕩の気分をはびこらせることじゃ」

「その道でも腕はおありで？」

「そこそこにな。まあ、いずれ手並みを見てもらおうか」

この夜、並み居る捕り手たちを尻目にかけて闇に歩み去ったのを最後に、大野定九郎の姿を見た者はいない。江戸の夜を疾駆する怪盗団の先頭を風のように走っていたとか、大火の炎が家々の軒をチラチラと舐めているのを、目を細めて眺めていたとかさまざまな風評もときに流れたが長続きしなかった。その後の定九郎はすっかり行方不明になったのである。

六

不義士同盟の決闘があった宝永五年の暮の二十八日、綱吉は体調が悪く、朝礼を欠席している。猛威を揮ったハシカに綱吉自身が感染したのである。大晦日には食欲がなく、頭痛がして咳も出ていたのだが、このとき綱吉が重病に罹《かか》っていたことは誰にも気づかれず、明けて六年の元旦を綱吉は病床で迎えた。そして十日に薨じてしまうのである。六代将軍には綱豊改め家《いえ》宣《のぶ》が襲職した。柳沢吉保は隠居、保山元養と号して駒込の別荘六義園《りくぎえん》で余生を送った。正徳四年（一七一四）十一月二日没。

吉保が亡くなる少し前の正徳四年一月、有名な「絵島生島事件《えじまいくしま》」が起きて江戸城大奥が粛正された。すでに家宣も薨じ、七代将軍家継《いえつぐ》の治世である。

将軍生母の月光院（お喜世の方である）付きの老女（筆頭上臈《じょうろう》）絵島が、歌舞伎役者生島新五郎に恋慕し、交会を重ねたことが発覚し、それとともに、大奥女中と歌舞伎役者との隠微な遊興が摘発され、当事者のみならず、仲介した広敷番《ひろしきばん》（大奥詰）などの役人・芝居業界人・寺僧・茶屋奉公人などまで全千四百名が処罰された一大風紀取締まり事件だ。大奥に注文の人形を届けるという名目で役者がデリバリーされたこともあったそうだ。

絵島の醜聞が発覚した芝居見物は、絵島が月光院の代参で芝の増上寺《ぞうじょうじ》へおもむいた帰途になされた。評定所でおこなわれた吟味では当然月光院は分が悪くなり、自分に仕える絵島を庇護できなかった。月光院と間部詮房《あきふさ》との仲を牽制するための疑獄だったとする説もあるくらいだ。ともかくこの事件を境に幕閣での詮房の立場はいちじるしく弱まった。この後、正徳六年（一七一六）四月、家継は八歳で早世するが、その死因についても、詮房と月光院が密会していて家継を寒気に曝して風邪を引かせたからだと囁かれている。

それにしても、家宣の後宮で多くの女性のあいだに流行病のように蔓延したあの淫乱症候群の発現には、はたしてなんの原因もなかったのだろうか。事件のとき、絵島の年齢は女盛りの三十四歳であった。生島は四十四歳である、もちろん男女の機微だから一概にはいえないが、このトシの男が情欲過多気味の大年増を相手に努めるのはかなり負担だったのではあるまいか。ときには誰かに代役をさせることもあったのではないか。

生島新五郎は、貞享から元禄初めのころ、野田《のだ》蔵之丞《くらのじよう》という芸名で山村座に出演していたが、元禄四年（一六九一）にこう名を改めている。宝永六年ごろから小野沢《おのざわ》貞五郎《さだごろう》という役者を内弟子に取り、たいへん可愛がって自分が病気の日など舞台で代わりを務めさせるなどして重宝したと当時の役者評判記にある。

貞五郎はちょっと凄みのある「色悪」タイプで人気もあったという。定九郎と名前が似通っているのも気になるところだが、ともかくこの貞五郎は、師匠の新五郎が島流しになったのと相前後してどこかへふらりと消えてしまったそうである。

紫の一本異聞

一

遠くから地霊の呼びかける声がしていた。

どんな土地にも霊性が宿り、その場所には古くから不思議なモノが棲みついている。聞く耳をもちあわせた人ならちゃんと対話できるのだ。土地の精霊はどれも話し好きで昔の記憶を語りたがる。

ときには大きく、ときには小さく、強度はまちまちだったが、その声が自分に向けられているのはまちがいなかった。

声はどこから聞こえてくるのだろうか。その声に誘われて戸外へ出てみても見当がつかなかった。方位は不明だったが、どこかに音源のようなものがあって、そこから発出されていることは疑いない。戸田茂睡《とだもすい》は声の出どころを尋ねてあれこれ思案を重ねた。

戸田茂睡。元禄時代に活躍し、江戸国学のさきがけといわれる歌学者である。元禄以前の天《てん》和《な》三年（一六八三）に江戸地誌『紫《むらさき》の一本《ひともと》』を著している。書名の由来は『古今和歌集』の有名な詠み人知らずの一首だ。

〽紫の一本ゆゑに武蔵野の草はみながらあはれとぞ見る（巻十七・雑上）
（ただ一種ムラサキグサがまじっているだけで、武蔵野に生える草はどれもこれもがいとしく感じられる）

と詠まれた古歌を踏まえて、『紫の一本』はいくつもの地名を拾い出してその土地にまつわる由緒を探るという趣向で構成されている。

江戸時代にムラサキグサが自然に繁茂する場所などいくら探してもあるわけはない。茂睡にもそのことはよくわかっていたはずだ。にもかかわらず、著者は同書の序文に、「春は上野の花に酒を腰にして、日の短き事を思い、秋は玉川の水に茶を膝にして、夜すがら友と語る。その品々を紫の一本と名づく」と、書名の来由を記している。同時代の江戸の風物「上野の花」「玉川の水」と伝統的な歌語とを無雑作に結びつけているのだ。

上野の花と玉川の水はたんなる江戸の名所名物である。江戸の地誌を記すにあたってわざわざこの時代には「死語」化していたに等しい「紫の一本」なる一語を用いたのにはどういう意図が籠められていたのだろうか。

茂睡は自生のムラサキグサがあちこちに茂っていた往古の武蔵野と、いまでは名のみ残り、昔の面影だけが漂っている断片的な土地とのあいだの大きな落差を心得ている。それでいながら、「武蔵野」の原イメージにこだわる。「紫の一本」とは著者にとっていつも「武蔵野」と同義語なのだ。著者はこれから江戸案内の書を手がけようと思っているのだが、望見される江戸の姿にはつねに幻の「武蔵野」のフィルターがかかっている。

『紫の一本』のほうは、上下の二巻に構成され、巡行される土地土地の配列に特別の工夫を凝らしている。「巻上」だけでも「古城・山・坂・谷（上下）・窪《くぼ》・川・島・堀・池」という九種類の分類のもとに該当する地名を全部で八十三ヵ所を列挙する。これらの地名には現存のものもあるし、その後消滅して他の呼称に変わってしまったものもある。茂睡の足が向かう先々の地名を連ねてゆくと、近世初頭の、まだ江戸草創期の穏やかならぬ空気を濃厚に残した、荒削りの新開地の面影がそっくりよみがえって見えてくる。

こうして『紫の一本』の戸田茂睡は、江戸御府内の処々方々に足を運び、土地土地に棲みつくたいがいの地霊たちとは顔馴染みのはずだった。ところが今回、どこか特定の方位からではあるが、所在地は未確認の場所から何者かが、茂睡にだけ通じるコールサインを送りつけてきているのだった。

二

戸田茂睡とその分身二人——「浅草の隠士」遺佚《いいつ》と「四谷の微官《びかん》（下っぱ役人）」陶々斎《とうとうさい》との二人組——の行脚《あんぎゃ》は、初日まず江戸城をぐるりと一まわりするのが発端である。出発点は西に面した半蔵門《はんぞうもん》だ。麹町門《こうじまちもん》ともいった。門を入って左に折れる。南に紅葉山《もみじやま》（江戸城本丸と西丸《にしのまる》とのあいだの高地）がよく見える。山越しに江戸城本丸が高さ数千丈の石垣と深さ幾千尋《ひろ》の濠《ほり》に囲まれて聳えている。途中の経路は不明だが、二人は竹橋門《たけばしもん》（江戸城北）を出、平川口を右手に見て濠端を南下したらしく、江戸城を時計まわりで半周して、大下馬門《おおげばもん》（大手門）・和田倉門《わだくらもん》・馬場先門《ばばさきもん》を経て西丸下の老中邸街にたどり着き、仰ぎ見る城の櫓《やぐら》の雄姿に泰平の春をことほぐ。

茂睡はこのとき、江戸城のなかに自分にしか見えない対象を探し求めていたのではないか。東西南北（ひいては四方とか八方とか）の方位はけっきょく水平面にしか存在しない。茂睡が探しあぐねていたのは、その平面上のどこにも見つからないが、さりとて実在することは疑う余地がない方向線であった。かといってそれは、上とか下とかの垂直方向に見つかるものでもない。天空のかなたに浮遊するものでも、地の底から掘り出すものでもない。上下・左右・前後ではなく、水平・垂直・斜行でもない、つまりいかなる方角に向かっても行きつくことのできない絶望的に不可算な距離に位置するなにものかなのだ。ふつうの人間には見ることのできない方向が目の前のごくあたりまえの空間には埋まっている。茂睡にはその方向の無限遠点に存在する「かなた」が、ときどき眼前の風景のうちに現ずるように感じられた。

たとえば江戸城を一めぐりするあいだにも、この城が建てられる以前のいわば江戸以前の時代の江戸城が目に浮かぶのだ。

まずこの城はもともと徳川家康が居城にするよりもはるか昔、室町時代の長禄《ちょうろく》元年（一四五七）に武将太田道灌《おおたどうかん》が築いた城郭である。東に江戸湾が広がって蒼海漫々、西を望めば富士の高嶺が畳々《じょうじょう》と聳え、周囲は一面に広大な武蔵野。道灌はこの新築の城を「静勝軒《せいしょうけん》」と名づ

け、櫓に登って四方を眺め、

〽わが庵《いお》は松原つゞき海近く富士の高嶺を軒端《のきば》にぞ見る

という有名な一首を詠み、「これほどの名城は日本にまたとあるまい」と自慢たらたらであったという。

江戸城を一周すれば、いたるところに太田道灌の足跡が発見される。まず永田《ながた》馬場《ばば》で参拝した山王権現《さんのうごんげん》。この神社も元は武州川越《かわごえ》の仙波《せんば》という土地にあった神仏混淆《こんこう》の霊地を、道灌が文明年間（一四六九〜八七）に「江戸繁昌の鎮守になすべし」と勧請《かんじょう》（神仏の霊を他の地に迎えること）したものである。

さらに江戸城の乾《いぬい》の方角（西北）にある津《つ》久《く》戸《ど》大明神《だいみょうじん》。これも昔道灌が川越の氷川《ひかわ》大明神を江戸へ遷《うつ》したのが始まりという。以前は田《た》安門《やすもん》内にあって「田安の大明神」と呼ばれていたのが、この地（牛込《うしごめ》）に勧請されてからは「津久戸大明神」の名に落ち着いた。土地の者はこの大明神をもって産土神《うぶすながみ》とするほど江戸町民の生活に溶けこんでいる。

それだけではない。江戸北郊中の西北にある新堀《にいほり》（現・日暮里《にっぽり》）という土地は、そのかみ道灌が築いた城の堀跡だそうだ。だいたいこの界隈には太田道灌にちなむ地名が多く、「道灌山」「道灌屋敷」「道灌船繋《ふなつな》ぎ松《まつ》」とかの名がいくつもある。しかしそれらは、たとえば道灌山を「道灌時代に総《ふさ》の上下国より武州を侵さんと寄せ来るを、稲付《いなつけ》（現・東京都北区の地名）の砦《とりで》またこの山にも味方の人数を貯え置く処なれば、これを道灌山と異名す」（『望海毎談《ぼうかいまいだん》』）と説明されているようにおおむね後世の牽強付会《こじつけ》である。

このように、武蔵国一円にはいたるところに太田道灌の残り香が漂っている。武将らしくもっと男性的に表現するなら、その体臭が方々に嗅跡をとどめている。城や砦、濠や塚、神社や祠《ほこら》など戦乱の遺物はことごとく道灌に関係しているように見える。本来は道灌の遺跡ではない事物事象までがこの武将の事蹟にこじつけられているありさまなのだ。道灌の残像は、ムラサキグサの幻のように目に触れる武蔵野の風景と二重写しに立ちあらわれてくる。

それはあたかも武蔵野へ行き着くための道しるべとしてムラサキグサを探し求めていた茂睡が、さんざん見つけあぐねた結果これを断念して、道灌の幻を新たに見出したとでもいった風情なのである。

「山」ではもちろん道灌山。ここからは筑波山も手に取るように見えた。道灌山の南西に根津権現社がある。茂睡は根津を「不寐《ねず》」と表記し、根津の権現を「太田道灌の首」を祀ったものとしている。社伝によればこの社は文明年間に道灌が再興したそうだ。

「坂」のトピックでも道灌のことが想起されている。江戸城内の梅林坂《ばいりんざか》（皇居東御苑に現存）は、文明十年（一四七八）に道灌が川越の「吉野天神」を江戸の平川《ひらかわ》に勧請して菅原道真《すがわらのみちざね》を祀り、「平川天神」と崇めた際、周囲に多くの梅の木を植えたことによるという。

「堀」の部では、さきの新堀がまたトピックにされる。茂睡はここで近くに小さな庵を結んで住みなすひとりの道心《どうしん》に出会うのである。

この世捨人の正体は何者であろうか。きっと時間の暗がりから不意にぬっと立ちあらわれる地霊の仲間にちがいない。

この人物は、「名字《みようじ》を変え、名を隠して」小庵に住みなしているが、茂睡らの請いに応じて兵法を語る。といっても、つねに心を「戦場生死の所に慣らわかして落ち着」いていることだとくりかえすばかりであるところから、その前半生もおのずと推察できる。この人物は自分でもいうとおり、「武者大将より下の武士」なのである。「武者大将」という語句は「サムライダイショウ」とでも読ませるのだろうか。だとすれば、一軍を率いる指揮官にあたる地位を意味するが、この人物はそれより「下の武士」――組頭《くみがしら》・足軽大将クラスだろう――であることが話のミソだ。

この出会いがなされた天和年間（一六八一〜八四）は、関ヶ原の合戦（一六〇〇）からも大坂両度の役（冬・夏の陣、一六一四〜一五）からも相当な歳月が経っている。道心者の前身がいくら武者だといっても、直接の戦闘体験者だったかどうか。戦場体験はあるにしても、非常に高齢であったにちがいないのである。

そういえば「谷」の上の部にもこれと似たような遁世者が顔を出していた。麻布《あざぶ》に我善坊谷《がぜんぼうだに》という場所がある。現代では再開発が進められ、高層マンションが建ち並んでいるが、江戸時代には日もろくに射さぬ深い谷合で、古くは二代将軍秀忠《ひでただ》の正室お江《ごう》を荼毘《だび》に付した三昧所《さんまいしよ》があった。その柩を安置した堂を「龕前堂《がんぜんどう》」と呼んだのが訛《なま》って我善坊になったという説もあるが（『江戸砂子』）、『紫の一本』はこの谷に座禅する出家がいたので「座禅坊谷」と言ったのが由来だと主張する。どちらにもせよ昼間から薄暗い淋しい土地柄だったとわかる。

ところで、茂睡が新堀ちかくで謎の道心者と出会ったときから二十六年後の宝永六年（一七〇九）二月のこと、加賀藩主前田《まえだ》綱紀《つなのり》の家臣杉本義鄰《よしちか》——忠臣蔵事件の記録『赤穂鍾秀記』の著者として知られる——が、主命で渡辺幸庵《わたなべこうあん》という老人と面会し、問答した記録を『渡辺幸庵対話』として残している。この筆録によれば、幸庵は本能寺の変のあった天正《てんしょう》十年（一五八二）の生まれで、宝永六年には百二十八歳という高齢に達している。信じられない話だが、誰もそれを疑っていない。昔そういう伝説的に長寿の老人がいたのである。

幸庵の生国は駿河《するが》（現・静岡県中部）だが本国は摂津《せっつ》（現・大阪府北中部および兵庫県南東部）であり、父の姓名は渡辺摂津守昌《あきら》だといっている。当人は渡辺久三郎茂《しげる》と名乗った。つまり出自は摂津渡辺党であると自称しているのだ。ちなみに渡辺党の家系では、鬼退治で有名な渡辺《わたなべ》綱《のつな》のように、代々一字名を称するならわしだ。

幸庵は隠居するまで渡辺山城守《やましろのかみ》また下総守《しもうさのかみ》と号し、家康・秀忠二代の将軍に仕え、大坂両度の役で軍功を立てた。その後、駿府《すんぷ》城代に任じられ、寛永《かんえい》元年（一六二四）、徳川忠長《とくがわただなが》（駿河大《だい》納言《なごん》。三代将軍家光《いえみつ》の弟）が五十五万石で駿河などに封ぜられたときに付属してその臣下になった。寛永十年（一六三三）、忠長は兄家光に自刃を命じられ、駿河大納言家は滅亡するが、幸庵こと渡辺茂は、その仕置に批判でもあったのだろう、他の家臣のように徳川家に戻らず、島原の乱鎮圧に参加して抜群の働きをしたのち、飄然《ひょうぜん》と大陸に渡り、滞在すること三十年、それから帰朝して都鄙《とひ》に徘徊《はいかい》十ヵ年、以後ずっと江戸の大塚に居住しているというのである。

『紫の一本』を書いていたころの茂睡が幸庵と面識があったとは思えないが、この伝説の老人の噂ぐらいは聞き知っていただろう。もしかしたら幸庵は自分の家系とつながるとぐらいは想像を膨らませていたかもしれない。

老人が古きよき時代を回顧するのはいつの世にもあることだが、茂睡の生きたこの時期は特別世の移り変わりが肌で感じられる時期だった。近代日本でいえば、幕末維新の激動期が終わって明治の安定期を迎え、多事多難な昭和の後に平成の「戦争を知らぬ」世代の天下が訪れたのに似ている。心ならずも二つの時代にまたがって生きる羽目に陥り、ちがう時代に生き残ってしまった人間は、生きながら地霊と化するほかはない。いずれもふと現世に迷い出た前世の幽魂たちなのである。

三

こういう独特な種属——人間とも地霊とも見わけがたい稀少な亜人類——が棲息するのは我善坊谷に続けてこの「谷」のグループで列挙される千日谷《せんにちだに》・戒行寺谷《かいぎょうじだに》・地獄谷などだ。このあたりは、淀橋《よどばし》台地東部に位置し、武蔵野礫層《れきそう》の高地とそれを零細河川が浸食した低地とが入り混じった複雑な地形を呈し、麴町・四谷・牛込・角筈《つのはず》・大久保・戸塚・落合などの小台地に区切られる。うち麴町・四谷ブロックは江戸城の半蔵門から四谷見附にいたる甲州街道の一区域に当たり、台地の尾根道をたどる街道筋の両側を下る幾多の川と谷筋によって低地とつながっている。

元禄以前の江戸には、家康入部に先立つ原・江戸の風景がいくらでも転がっていた。地獄谷は半蔵門西の麹町六丁目から二番町へ行く谷をいう。昔この場所で斃死《へいし》した者や屋敷で成敗した者の死骸をこの谷に捨てる風習があり、いつも死屍累々、骸骨散乱のありさまだったところからこの名前があるそうだ。

ある夜のこと、遺佚と陶々斎は二人揃って当時は麹町にあった善國寺（のち移転して、いまのいわゆる神楽坂の毘沙門天）へ談義を聞きにいき、その帰り道で幽霊を見た。

その夜は雨がシトシト降る物淋しい夜だった。なんとなく胸騒ぎがして不安なので、二人は元気づけあい、一生分の勇気を奮い起こして夜道を歩く。

「ここに大きな石があるぞ」、「ここは木の根だ」とたがいに声をかけ、抜き足でソロソロと坂を下っていくと、藪下のことに暗く、下水が落ちかかる谷川の橋の際で、たしかにヒイヒイと泣き咽《むせ》ぶ女の声がするではないか。

「おい、あれが聞こえたか？」

「聞こえた、聞こえた。ありゃウブメという化物じゃないか？」

ウブメは漢字では「産女」「産婦」「姑獲鳥」などと書く。妊娠したまま死んだ女の幽霊である。

「おい、もっとこっちへ寄れ。死ぬときはいっしょだぞ」

「やたらしがみつくなよ。ほら、手だ。手を握れ」

女の声はどうにか静まったが、こんどはピシャピシャ足音がしてこちらに近づいてくるようすだ。暗闇に目を凝らすとなにか形のあるような、ないようなものが見える。陶々斎は腰の刀に手をかけ、遺佚は数珠《じゅず》をまさぐったが、二人とも足元が定まらず、尻餅をついたきり腰を抜かして動けない。幽霊はなおも近寄ってきて「もしもし」と話しかける。

見れば年のころ二十《はたち》ばかり。薄化粧して鉄漿《かね》をつけているので人妻と知れる女が、長い髪が乱れたのを荒縄の鉢巻で束ね、白い帷子《かたびら》に白い帯を締め、右手に杖、左手に樒《しきみ》の枝をもってハラハラと涙を流す。女幽霊の正体は、夫の浮気に苦しめられる裕福な町家の妻が人を呪い殺す「丑《うし》の刻《とき》参り」をしている鬼気迫る姿だったのだ。

「ギャア、化物だーっ！」

遺佚も陶々斎も、たったいまの勢いはどこへやら、後をも見ずに逃げ出した。二人はけっして悟りすました道心者でもなければ、武人の優秀なＤＮＡを遺伝された英傑勇士でもなかった。地獄谷で怖ろしいモノに遭遇すると、二人が日ごろかぶっている化けの皮はあっさり剝がされてしまう。

茂睡も陶々斎も「世捨人」と称するものの、けっきょくは同時代社会からの脱落者同士なのだ。口惜しまぎれにこちらから世を捨てたと言い立ててはいるが、ほんとうは先方から廃棄された身の上だと言われてもしかたがない。茂睡は同時代の武士社会にたいして絶えざる不遇意識をもっており、その疎外感が現実との絶妙な距離を保たせている。茂睡は渡辺の名家の血筋に生まれながら世に数えられないという不遇意識を一生もちつづけたのであり、「世捨人」のポーズももちろんそれと無関係ではありえない。『紫の一本』に主人公が坂道を歩く場面が多いのもそのためだ。

さるにても江戸／東京の町には坂がふんだんにある。

茂睡の歩行経路は、まるで身体が魂の重力に引かれるように高所から低所へ降る動きに身を委ねる。その場合いつでも山や岡のような高みに身を置いて、低俗を見おろしているのではない。ときには丑の刻参りを目撃した地獄谷の底のような低湿地、「下水が落ちかかる谷川」のほとりにまで降り立っている。

地形の勾配が感じ取れるのは、対象とする土地の全体像が目に入っているということを意味する。絵画を鑑賞するのに一定の距離《ディスタンス》が必要とされるのと同じ理屈だ。その眼識はまた、ひとたび同時代社会に向けられれば、そこに恒常構造として維持されている身分の上下・階級の高低・待遇の厚薄等々、タテの秩序が内在していることを誤たず見抜く。

茂睡のこうした空間感覚は、現に自身も謳歌している都会文明を特定の時代の所産と感じる鋭敏な時間感覚とワンセットになっている。自分が生きている「いま、ここ」は、五代将軍綱吉治世下の江戸である。この時期・この場所にたまたま生まれあわせた運命が好運だったか不運だったかはまだわからないが、少なくとも茂睡には、自分がこの時空に存在していることを客観化できた。

戸田茂睡には、天和年中に執筆されたこの『紫の一本』の後、延宝《えんぽう》八年（一六八〇）五月から元禄十五年（一七〇二）四月までの編年体の記録、『御当代記《ごとうだいき》』がある。前後二十二年間に及ぶこの期間は、五代将軍綱吉の就任から元禄のほぼ末年までをカバーしているので、事実上綱吉一代の年代記になっている。この歳月が茂睡の「御当代」なのだ。

「当代」という言葉は、ふつう「現代」の同義語であり、それも話者自身が現に生きているいまの時代というニュアンスが強い。茂睡にとって、綱吉と同時代に生きるとはどういうことだったのだろうか。内心ではどうやらあまり居心地のよい時代ではなかったらしい。

これには茂睡の出自と生い立ちがかなり影響している。茂睡の父親は、渡辺忠《わたなべのただし》といい、茂睡が生まれた寛永六年（一六二九）には駿河大納言忠長の家臣であった。

忠長は前述のように徳川家康の孫、二代将軍秀忠の三男として生まれ、幼名を国松《くにまつ》といって、幼少から容姿端麗《ようしたんれい》・才気煥発《さいきかんぱつ》だったので兄の竹千代《たけちよ》（のちの三代将軍家光）よりも声望があったといわれる。駿府五十五万石に封ぜられたが、秀忠の死後すぐに、乱行と発狂を理由に、寛永九年（一六三二）家光によって改易《かいえき》・逼塞《ひっそく》の処分を命じられ、寛永十年に二十八歳で自刃させられるという悲運の生涯を送った人物だ。

駿河大納言家は断絶し、家臣たちは方々の諸家にお預けになった。茂睡の父渡辺忠は下野《しもつけ》国黒羽《くろばね》藩二万石の大関《おおぜき》家の客分として蟄居《ちっきょ》生活を送った。茂睡はその間ずっと、この地で不遇な幼少時代をすごしたのである。父忠は預り身分のまま慶安《けいあん》元年（一六四八）に黒羽で死没。茂睡は、つとに戸田姓の家を継いでいた伯父（忠の兄）政次《まさつぐ》の養子となり、のち赦免されて江戸に出る。歴史学者の塚本学《つかもとまなぶ》は、大関家の家譜によってこの赦免を承応《じょうおう》二年（一六五三）のこととする（平凡社東洋文庫『御当代記』解説）。

その後、茂睡は、後年三河岡崎藩主となる本多家に禄仕し、やがて延宝八年（一六八〇）、四代将軍家綱の薨去《こうきょ》を機に法体《ほったい》となったころから、「茂睡法師」と称して隠士・隠家・隠者・世捨人といった一連の市隠的イメージに韜晦《とうかい》した後半生を送る。「自分は天運の薄い生まれつきで、身にはなんの罪もないのに旗本の身分を失った」（『紫の一本』）と述懐するような不遇意識は一生この人物についてまわったようである。天和二年（一六八二）、長男伊右衛門を十八歳で早世させたことも、いちじるしく世をはかなませたろう。

というふうに簡単な略歴をたどってみただけでも、戸田茂睡の人となりからはかなり複雑な屈折が感じられる。茂睡の生家は駿河大納言の遺臣ではあったが、別に忠長のライヴァル家光に異を唱える党派を作ったわけではなかった。しかし、たとえ意図していなかったとしても将軍の座をめぐる骨肉の争いに巻きこまれたのは事実であるから、茂睡もそうした精神的葛藤を一種の幼児体験として抱えこまざるをえなかったのではないか。

茂睡が生涯にわたって現実政治になんの関心も示さず、時の政権にも近づこうとしなかったのは、こんなめったにない体験が、なによりもこの人物にすべての政治権威を相対化できる思考慣習を用意したからだと考えられる。茂睡は家光・家綱・綱吉の三代にわたる治世を知っているが、「御当代」という同時代意識をもっているのは綱吉の治世になってからである。

『御当代記』の記述は、家綱が他界し、代わって綱吉が江戸城本丸に入った延宝八年（一六八〇）五月八日から書き起こされる。まず大風水害、それから旗本の病気、しかしすぐ翌九年の話題に筆頭を転じ、大名の殿中刃傷《でんちゅうにんじょう》事件とそれに続く処分、山王の石鳥居が突然風もないのに崩れ落ち、附近に多量の不審な血痕があったできごとと、一連の不吉な兆候が書きたどられ、これらのトピックが暗い楽想の序曲のように奏でられるのに引きつづいて、『御当代記』全編のオープニング・テーマといえる酒井雅楽頭忠清《さかいうたのかみただきよ》の徳川綱吉評が特筆される。

酒井忠清は、徳川家代々の譜代衆の家系に生まれた名門政治家である。寛永元年（一六二四）に生まれ、承応二年（一六五三）以来老中首座を務め、家綱政権を輔佐していた。寛文《かんぶん》六年（一六六六）大老に就任、伊達《だて》騒動や越後騒動を裁定し、その権勢は世に「下馬《げば》将軍」と称された。しかし、将軍が代替わりしてからは運命が急転し、延宝八年十二月九日、綱吉に大老を解任され、病気療養を命じられて翌天和元年（一六八一）二月に隠居。五月十九日に死去。享年五十八であった。

つまり、これまで順風満帆だった忠清の政治生活の最晩年にトラブルが起きたのだ。長いあいだ、幕閣の信頼が厚く、大老という最高職まで委ねたほどの政治家をいきなり御役御免にしたのはなぜかと、世人はしきりに不審がったのである。

茂睡の考えではこうだった。

家綱には後継ぎがなく、その没後、次期将軍には誰を選ぶべきかが幕閣で大問題になるのは不可避だった。このとき、忠清の思いついた一解決案が物議を醸し、ひいては忠清の身の不幸を招いたといえる。

忠清は、徳川一門のあいだに跡目争いが発生するのを避けるために、この際、京都の有栖川《ありすがわの》宮家《みやけ》から幸仁《ゆきひと》親王を迎えるよう提案したが、老中堀田《ほった》正俊《まさとし》らの反対で実現しなかったといわれる。いわゆる「宮将軍擁立説」である。

もっとも茂睡自身はこの説を紹介した後、「この段はすべて雑説であり、実正は疑わしいが書きつけておく」と記しており、必ずしも真実と信じているわけではない。しかしそうした留保は、また、忠清に厳しい綱吉批判の言辞があったこと自体を否定するものでもない。綱吉の性格をまるごとおとしめる人物評は、まさしく茂睡当人の綱吉観そのものであったと見てよいだろう。

現在の公方《くぼう》さま（綱吉）は、御連枝《ごれんし》（徳川本家から御三家とは別に分家して立藩した親藩大名家）のことであるから、誰ひとりとして将軍位を争う者はいないだろう。しかし天下をお治めになるご器量をおもちでない。もしこの方《かた》が天下の主《あるじ》におなりになったら、人びとは困窮し、悪逆の変事が積み重なって、天下に騒動が起こるだろう。（傍点引用者）

いやはや、言いにくいことをズバリと言いきったものだ。いくら「一説にいわく」とカモフラージュしているとはいえ、茂睡は「この人には天下を治める器量がない」とまで言い放っている。

ここにある「悪逆の変事」「天下に騒動」といった言葉は必ずしも後の赤穂事件（いわゆる忠臣蔵事件）を予告したものとまではいえないが、茂睡が綱吉政権の将来に類似の不祥事が発生するだろうと予感していたことは確実である。

自分で「雑説云々」と断っている箇所が後日の追記であることは明瞭だが、このことは逆に右に引用した人物評の部分は延宝八年に書かれたものであることを証していよう。この時点では綱吉は新将軍になりたてで、その施策も性向もまだ周囲には知られていなかった。海のものとも山のものとも見当がついていないのである。それどころか、将軍職に就任して間もない綱吉は、むしろ綱紀の粛正・汚職の摘発などに積極的に取り組む仁君だというので評判がよかった。後世、この時期の綱吉の治世をさして「天和の治」とする褒め言葉ができたほどだ。

この時期に綱吉の人物評定についてこんな思いきったことが言えたのは、茂睡の好悪の感情がよほどハッキリしたものだったことを物語る。茂睡は、世にはこんな酷評もあったと伝える体裁を取りながら、自分ではその説を否定しない。ただそれとなく賛意を表しているのだ。

とはいえ、同時代社会で茂睡の占める位置は、もとより幕臣社会内部で反綱吉の派閥に加わるというものではないし、また言論で綱吉批判をする陣営の一員になろうというものでもない。茂睡は自称世捨人である。世捨人にできることは、ひたすら政治に背を向け、政治的利害のからむ場から遠ざかることである。政争に巻きこまれることなどまっぴらだ。

物心がつくかつかないかの年齢で辺地に父とともに流謫《るたく》され、おそらくは二十四、五歳まで江戸を離れ、江戸に戻ってからも本多家へ仕官した茂睡にとっては、幕府旗本への復帰などは夢のまた夢、遠い昔に捨ててきた世界でしかなかった。その遠い世界のかなたには将軍の座をめぐる暗闘やら駆け引きやら陰謀やらがいろいろ渦巻いていたのを、茂睡は横目で眺め、渦の奥底で蠢《うごめ》いている怪しげな争闘から身を引き離していた。

徳川幕府はいまや五代続いている。神祖家康から四代家綱まで長子相続の原則はきちんと守られて安泰を保ってきた。それが綱吉の五代目相続にいたって多少混乱したのだが、幕閣の大多数が酒井忠清の宮将軍擁立策を否定してようやく事なきを得た。幕府の代々は表面だけ見ると、いかにも平穏円満に推移したかのようだが、ひとたび目をその水面下に向ければ、そこに兄弟同士の反目・正腹異腹の争い・本流庶流の葛藤などが絶えなかったことが知られよう。

『紫の一本』が書かれた天和年間は、これから「元禄」という文化史的ピークへ上りつめてゆく時代である。江戸には徳川綱吉の・生類憐れみの令の・寺社造営の・そして「忠臣蔵」の元禄の光と影が来ようとしていた。それが茂睡の「御当代」であった。

茂睡の目には、いつも社会の陰画だけを見せつけられているような気がした。だから茂睡が、同類の士を誘って次々と足を向けていくのは、必ずしも同時代の江戸の名所ではない。地名は同じでも現在とは違う時間軸に据えられた場所である。現在すでに過去時になった時点に浮かび出ている場所である。

四

昔から「一首の詠《えい》」といって、生涯にただ一首でもすぐれた歌を詠むと、その名声が永く世に伝わるという嘉事がある。戸田茂睡の場合、「隠れ家の茂睡」という異名を得たのは次の秀歌によってであった。

〽塵の世と思ふ心も積もりては身の隠れ家の山となるらん（『梨本集《なしのもと》』雑）

これにかぎらず、茂睡は生涯「隠れ家」「隠士」「世捨人」という言葉にこだわった。そのこだわりぶりにかえって、自己を隠逸伝中の人物と同化する裏返しの俗気を見る向きもあるくらいだが（森銑三《もりせんぞう》「東西の学者文人たち」）、やはり「当時志を得なかった武士」の鬱屈と不平の境遇が、同時代社会への適切な距離を確保させた（佐佐木信綱《ささきのぶつな》『戸田茂睡論』）と見るのが順当なところだろう。

以下のいくつかの述懐歌を見ても、各首ごとに、生涯を世俗と脱世間性とのあいだの微妙な緊張のうちに送ったにちがいない茂睡の心事をよく歌いこんでいるといえよう。

〽身に変へて惜しみし家の名をだにも捨つれば捨つる世にこそありけれ

〽熊にあらず虎にもあらず浅草に起き臥す我を誰か知るらん
〽命ありて今日はこの野に行き暮れぬ明日はいづくの草の葉の露

枯れきった隠遁者だと思いこんでいると、意外に生木のくすぶったような生々しい一面があるのである。

さて、その茂睡の名所探索の旅は、そのまま少し時間をさかのぼる探求行であり、「巻上」では、前述のように江戸城からスタートして「山」から「池」まで地勢の高低順に並べる構成を取っていた。しかし、「巻下」になると、この時差感覚はだんだん稀薄になる。というより、時間間隔がしだいに狭められるのだ。前代の事蹟にたいする関心よりも同時代の現象に向けられる興味のほうが強くなり、比重が増してゆくのである。もちろん、前者から後者への重点移動はいきなり一挙に進むのではないが、茂睡の軸足の取りかたは着実に変わっていく。

前代よりも現代への興味が強くなる傾向が顕著になるのは、「巻下」に列挙された十五項目のうち、「花・郭公《ほととぎす》・月・紅葉《もみじ》・雪・祭・時の鐘」と並ぶ後半の七つである。見られるとおりこの分類には地物に所属するような語句はひとつもない。すべて四季の風物に関係する語彙なのだ。それぞれの名所ということで土地とつながるぐらいのものである。めざす所は現代風俗のまっただ中だ。

まずは「花」。

あたかも花を愛ずる風俗が都市文化の公分母になっているかのようだ。だから「花」の部には、初期から花の名所の定石だった上野の他に「四谷」という項目が立てられる。谷越しに見える隣屋敷の庭には花見幕がめぐらされ、大きな傘を立てた作り茶屋をしつらえて騒ぐ人びとの花見姿という新しい風物になる。

ところで「四谷」という地名はなんに由来するのか。「谷」字は「たに」と読むのか、それとも「や」か？　もしかしたら「谷」上の「谷」字は「たに」と読まれ、「谷」下では同じ字が「や」と読み替えられていはしないか？　そこに二種類の「谷」があることを茂睡はちゃんと意識しているのではないか？　「谷」という漢字の訓《くん》は「たに」であり、音《おん》は「コク」である。「や」の語源については諸説あるが、そのうち「谷地、泥」を意味するアイヌ語から出ているという説が柳田國男《やなぎたくにお》の『遠野物語』このかた有力である。

江戸時代の中期になっても、「たに」が正格であり、「や」系は関東・東北訛りとされていたらしいことが、『物類称呼《ぶつるいしようこ》』（安永四年／一七七五）に「関西にてたにと称す（黒谷《くろたに》・鹿谷《ししがたに》）。相州鎌倉および上総《かずさ》辺にてやつと呼ぶ（扇谷《おうぎがやつ》）。江戸近辺にてやと唱《とな》う（渋谷《しぶや》・世《せ》田谷《たがや》）」と記述していることからもわかる。「や」は音ではないがやまとことばでもないから、正確には訓であるともいえない。素性不明の言葉なのである。「や」と「たに」が地形としてどう違うかの区別もすこぶる曖昧だ。というより、これら二つの言いかたがそれぞれ別の地形を意味していたとはどうしても思えない。

茂睡が歩く先々で遭遇したのは、同一の地形がある場所では「たに」、他の場所では「や」と言いあらわされ、二つの人文地理系がせめぎあっている風景だった。参考のために『江戸鹿

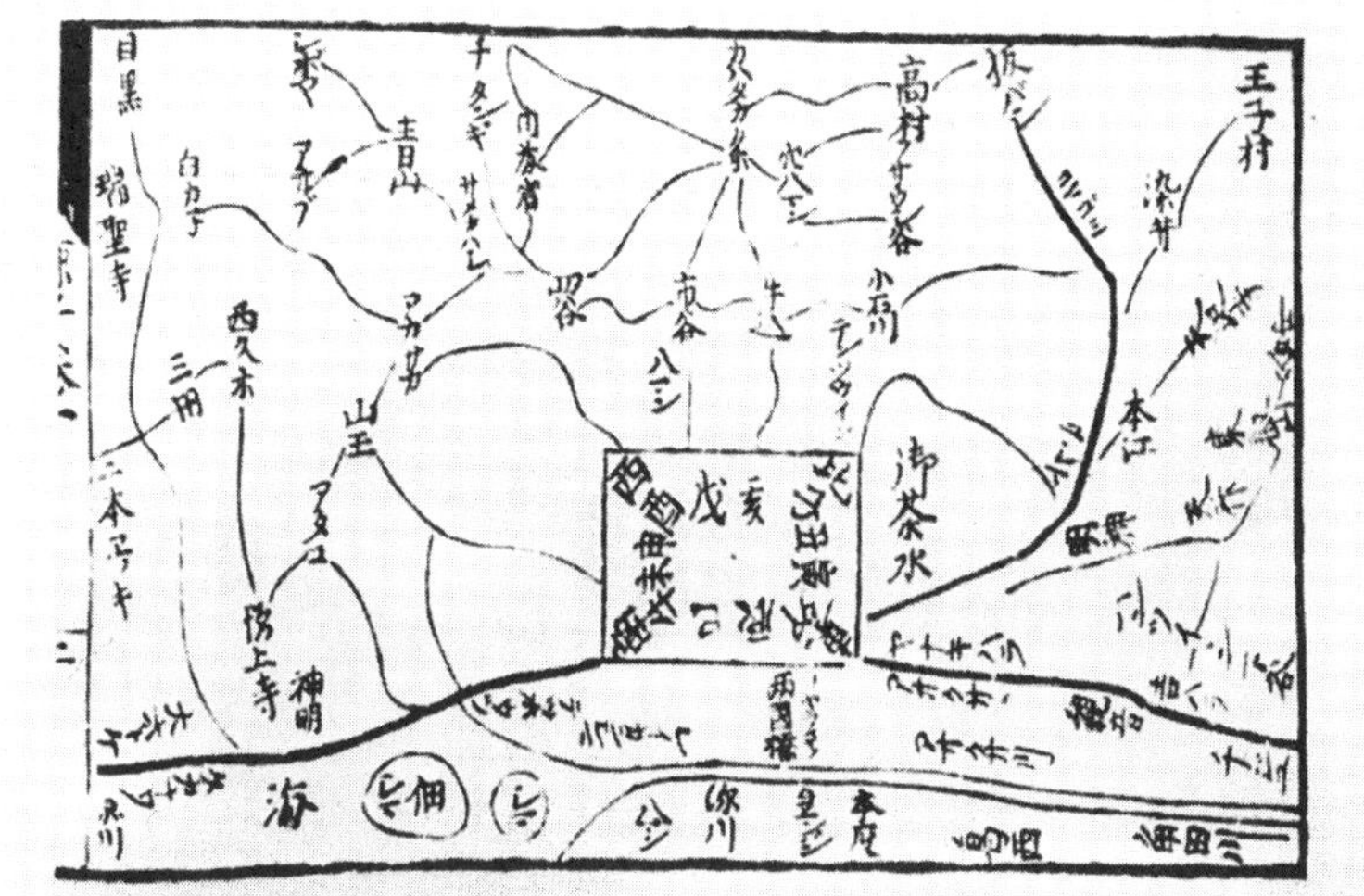

『江戸鹿子』に付刻された江戸概観図

子』（貞享四年／一六八七）に付刻されている江戸概観図を掲げる。

画面の中央に「市谷」の文字が見える。「御茶水」「ユシマ（湯島）」の右側（北）にある「本江」とは「本郷」のことだろう。

右に「牛込」、左に「四谷」の地名標示があり、それぞれを結んでいる線分は尾根伝いに作られた通路であろう。市谷と四谷のあいだにいくつかの中小の谷が連なっていた地形が想像できる。

四谷は江戸の町はずれ、四谷門を出たら、その先にはもう武蔵野が広がっていたのである。

『紫の一本』は「今の四谷の見附の御門がお堀になった」云々と記しているが、茂睡が目前にしている外堀はつとに寛永十一年（一六三四）に開削されたと伝えられているから、そのころには外堀の水面は大都市になった江戸の第二の自然として、江戸城を取り囲むゆったりした円周線を描いていた。

「谷」下の項では、谷を順序数で数えるシリーズは四で終わり——「五つ谷」だの「六つ谷」だのはない——、次の記述はなぜかただ「谷」の字面を追って江戸の東北隅にある谷中《やなか》だ。前ページの図では「本江《ほんごう》（本郷）」の右に「東叡山《とうえいざん》（上野山）—谷中」と地続きに記されている。谷のなかの意である。

不忍池《しのばずのいけ》の東岸を廻り、上野山の西麓を北に抜けるコースは、昔の奥州街道であり、道はいま（茂睡の時代）のように池の南を隅田川に向かわず、千住《せんじゅ》で川を渡ったから、昔の清水稲荷は道から不忍池を距てた向こうに見えたはずだ、と茂睡は想像する。なるほど、それで本郷台東部の丘陵地帯を「向ヶ丘」と呼ぶわけなのか！　この地名の起こりはかなり古い時代にあるらしい。

〽武蔵野の向かひの岡の草なれば根を尋ねてもあはれとぞ思ふ

（新勅撰和歌集、小野小町）

小野小町のこの一首は、「向かひの岡」を武蔵野のどこか特定の地点とはせず、漠然と武蔵野にある一点を意味している。しかし本篇のライトモチーフというべき「紫の一本ゆゑに武蔵野の草はみながらあはれとぞ見る」をしっかり本歌に取っている。ムラサキグサの一株どころか、向こうの岡で美しく日に照らされている草の全部がいとしく思われるというのである。

次の一首も本歌取りであることはすぐにわかる。


〽夕づく日向かひの岡の薄紅葉《うすもみじ》まだきさびしき秋の色かな

（玉葉和歌集、定家）


これも「向かひの岡」の場所は不定であり、むしろ武蔵野のどこからでも向こう側に見える岡の眺めを詠んでいるが、ここでは本歌の「紫」を「薄紅」に転換する色彩感覚の妙を見よ。そしてその赤の暖色が早くも（「まだき」！）予感させる微妙な秋の涼しさの気配を察知せよ。本歌取りのルールどおり、季節は夏から秋に切り替えられている。

これらの歌をしるべにしてどこかで見たような風景の内部に歩み入る茂睡の小紀行は、観念上の曾遊の地の再訪・再体験であるとともに、新たな地平の踏み分けでもあった。『紫の一本』で茂睡が一めぐりした区域は、江戸御府内を中心として四方八方へ放射状に広がっている。足跡を残していく道筋はおおむね古来の街道・往還のルートを走破している。それらは当然、ここに大きな城下町が生まれる以前の自然地形の上に刻まれた大小公私の交通コース——山道・尾根道・峠道・坂道・樵道《きこりみち》など——が始まりであり、のちに町や村が発達するにつれて整備されたものである。

道とは基本的に、遠近に関係なく、点と点を結ぶ線であるが、『紫の一本』の場合、道の両側に広がっている独自の面を視野に入れざるをえない。武蔵野の野面《のづら》である。実際、茂睡らが訪れる山・坂・谷などの地形を一歩でも出はずれれば、そこはもう武蔵野の領分なのだ。もしかしたら茂睡が生きた時代でもまだ、江戸は武蔵野という草の海のなかに浮かぶ陸地に似ていたかもしれない。

だから「巻下」では「野」の項目が重要な位置を占める。「武蔵野、中野から府中あたりを武蔵野という」とは、茂睡がこの項でまず下している地名の定義ないしは範囲画定であるが、見られるとおり、かなりの広域にわたっている。中野から府中までの間といったらむやみやたらに広いのだ。

茂睡によれば、平安末期の歌人藤原季経《ふじわらのすえつね》の作に、

〽武蔵野の萩や薄《すすき》を掘り捨てて植ゑておかばや瓜や茄子《なすび》を

という一首があるそうだ。発想といい、歌語でない字句を用いていることといい、とても正調の和歌とは思えないが——もとより『国歌大観』には見当たらない——茂睡はそれを知っての上か、武蔵野が「いまは田畠になって、瓜茄子を始め菜大根、総じての野菜を毎日毎日江戸へ出す」と解釈する。そして陶々斎はコンナノナラ俺ニダッテデキルとばかりに、

〽武蔵野は月の入るべき山もなく草より出でて草にこそ入れ

という俗謡――もとは「武蔵野は月の入るべき嶺もなし尾花が末にかかる白雲」（続古今《しょくこきん》和歌集、源 通方《みなもとのみちかた》）――を本歌に即吟で戯詠を一首詠んだ。

〽武蔵野は名のみばかりぞ家続き軒より出でて軒にこそ入れ

かつては見渡すかぎり草原の起伏だった場所が現在では野菜畑になっている。茂睡には武蔵野の今昔の違いがよくわかっているのだ。だからこそ茂睡は、なお方々に残っている地名を手がかりに、過ぎし日の武蔵野を想像裡に復原しようとする。

五

こうしていくら江戸中で武蔵野名残りの地を歩きまわってみても、ムラサキグサが自生している場所は見つからなかった。野生種はおろか、趣味で栽培している土地の心あたりもなかった。

諦めるほかはないか。そう思って意気消沈しかけた茂睡の頭に突然ひとつのアイデアが閃いた。薬草園だ！　もしかしたらこれが最後の望みの綱になるかもしれない。

万葉時代のムラサキグサは野生ではほとんど絶滅し、江戸時代にはわずかに栽培されて江戸っ子が自慢の種にする染料「江戸紫」の需要をまかなっていた。現代では絶滅危惧種に指定されている。薬草園には植えられている可能性があった。ムラサキグサには「紫根《しこん》」という漢方薬に用いられる薬効もあったからである。皮膚関係の外用に使い、紫雲膏《しうんこう》の主成分であるという。

貞享元年《じょうきょう》（一六八四）のことである。

茂睡は本郷丸山の梨木坂《なしのきざか》の閑居を出て、小石川方面の白山《はくさん》へ足をのばしていた。めざす目的地は上野国《こうずけ》（現・群馬県）館林藩《たてばやし》二十五万石の下屋敷だった場所だ。約一万七千坪もある広大な敷地だった。

現将軍徳川綱吉はかつての館林藩主であり、まだ将軍継嗣に選ばれていなかったころは「館林宰相《さいしょう》」と呼ばれていた。綱吉は延宝八年（一六八〇）五月からは江戸城内に移ったが、この屋敷は明き屋敷のまま御殿番が置かれた。のちには周囲に幅十間（約一八メートル）の堀を廻らして近くの千川上水《せんかわじょうすい》（本郷・下谷・浅草方面の飲料水として元禄九年［一六九六］に玉川上水から分水された上水）の水を引いて五段の滝を造成し、堀の内側には白壁の塀を廻らし、内部に多くの豪華な殿舎が営まれた。この屋敷にはたびたび綱吉の御成《おなり》があったので、のちに「白山御殿」と称されたという。

この敷地の北隅には、貞享元年に麻布《あざぶ》広尾《ひろお》（現・港区）から幕府の南薬園が移され、小石川《こいしかわ》薬園《やくえん》と称された。そのときから明治維新まで百八十四年間、薬用植物の栽培と生薬の供給とに大きく貢献しつづけ、近代になって東京大学理学部付属の小石川植物園に継承された。『紫の一本』では「巻下」の「祭」の部に「白山権現」として載っている。この土地は綱吉の下屋敷になる以前、白山神社・氷川神社・女体《にょたい》神社の三社があったといわれる由緒のある土地だ。境内の表門は駒込のほうに向かって開いており、裏門は小石川に向いている。加賀（現・石川県）の白山比咩《しらやまひめ》神社を元和三年（一六一七）に勧請したものであるが、元の宮居の起源はもっとはるかに古く、平安の昔、八幡太郎義家《はちまんたろうよしいえ》が奥州参向のみぎり、武運を願って参詣したという言い伝えが残っている。

茂睡がここに来たのは、館林藩下屋敷がどうなっているかよりも、むしろこの地に新設される小石川薬園に統合される幕府所属の薬草園への興味だった。足は自然に屋敷内の薬園予定地のほうへと向かった。ちょうど下屋敷の建物が取り壊されて跡地が整備されている最中だった。古い殿舎はすでに解体され、土台や礎石も取り払われて、その昔、清浄《しょうじょう》な社殿の高床を直接支えた地形がむきだしに露呈していた。かつては磐座《いわくら》だったかもしれない自然な岩塊が裸形を晒していた。いままで泉水や築山や庭の植えこみの樹木などに蔽われていた土地の起伏と勾配が視界いっぱいに迫って見えた。

取り壊し工事の現場にもなぜだか人影がなく、茂睡は大胆にずんずん足を進めて奥のほうへ入っていく。屋敷が建っていた空地の裏は、以前には木立ちに隠れて見えなかったが、かなり急角度の斜面になっていて、白山台の高地に続いている。その中腹に大きな横穴が口を開けていた。身を屈めれば、大人でも入れそうな大きさの穴だった。

好奇心に駆られるままに、茂睡は穴に近づいて中を覗きこんだ。入口付近はなんの変哲もなく赤土が壁になっていたが、中は意外に深く、横穴の奥は通路のように奥へ向かって延びていて、もう外光の届かない薄暗がりがうずくまっていた。目を凝らしてよく見ると、洞穴の闇の奥にうっすらと家屋の形が浮き上がって見えているではないか。

「ハテ面妖《めんよう》な」

茂睡は思わず目をこすった。どこかチグハグだった。穴のなかに穴よりも大きな家がある。光が射さないはずの空間で家の形が見えている。明らかに矛盾している事象がこの空間に平然と実在していた！　そんな不可思議な光景が、いやしくも将軍家お膝元の——それもじきに五代将軍の位に即く人物が下屋敷にしていた場所の地底に実在していたのだ。

ここにはなにがあるのだろうか？

猛烈な探究心が勃然《ぼつぜん》と湧き上がった。横穴のなかに見えているこの家の正体は、いったいなんなのだろうか？　誰が住んでいるのだろうか？　慎重にふるまえと警戒をうながす内心の声も聞こえないではなかった。が、ついに旺盛な好奇心のほうが勝ちを制した。

茂睡は勇を奮い、身を低くして横穴に入りこみ、湿り気のある赤土の壁面を手で探りながら奥へ歩み進んだ。入ってみると内部は思っていたよりも広く、頭上もつっかえる心配はなさそうだった。思いきって歩を伸ばす。

近づいてみると、外からは漠然とただ「家屋」としか見えなかったが、実際には広々とした書院だった。側へ寄って、付書院《つけしょいん》の窓からなかを覗いてみる。座敷は無人でガランとしており、隣室を距てる唐紙《からかみ》には金銀の箔を細かい粉にした砂子《すなご》の襖絵《ふすまえ》が描かれていた。図柄には他に金色の雲形《くもがた》やら草花の絵などもあった。

書院というのは、書斎で居間を兼ねた座敷のことで、武家建築様式の中心をなす住空間だ。書院造りは、建築史上、武士の社会的進出にともない、従来の寝殿造りに代わって支配的になる様式である。書院には必ず「付書院」とよばれる小区画が設けられ、南向きの面に明かり取りの「書院窓」――茂睡が覗きこんだのはここからだった――が作られる。鎌倉時代に起源をもち、南北朝・室町時代を経て江戸時代には一般家屋にも普及し、座敷、床の間、棚、角柱、襖、障子、雨戸、縁側、玄関といった和風住宅の基本的な諸要素が整備されてきた。

この日、茂睡が入りこんだ横穴のなかで見かけた書院は何時代のものなのかはっきりしない。目にした襖絵の図柄は、これだけでは時代を特定する決め手にならない。派手な金色や草花のあしらいなどは安土桃山時代の障壁画を思わせないでもないが、この「書院」のありかが、江戸、というより、武蔵野の山野だった場所の地下であるからには、こんな画風が京都から伝播してきて定着するまでの時差を勘案して室町時代にまでさかのぼらせることができるかもしれない。

茂睡は奇異の思いに駆られるままに濡縁《ぬれえん》から座敷に上がり、閉めきった唐紙を引き開けて次の一間を覗きこんだ。同じような座敷だった。突きあたりにまた唐紙が閉じていて、似たような襖絵がもうひとつの間を距てている。この座敷にも人影はない。よっぽどなかに入ろうとしたが、急に薄気味悪くなって、早々にその場を引き揚げた。その書院からは明らかに人の気配がしていたが、誰ひとり姿を見せなかった。建物の沈黙がなんとも知れず恐ろしかったのである。

茂睡はさっき通り抜けた横穴を逆にたどって、元の屋敷跡に戻った。あたりは静かでなにも知らぬげに日が照っていた。

六

それから二、三日後、茂睡は思いきって心に踏んぎりをつけた。

「あれは現実に起きたことなのだろうか。いっそまた出かけ、自分自身の目でほんとうだったかどうか確かめよう」

そう心に決めると、ふたたび館林藩下屋敷跡へ足を運んだ。今日は早出をしたので目的地へ着いたのはまだ正午《ひる》前だった。季節はもう初夏だ。木々の緑からは飴色の若さが失せ、跡地のどこかから遠く卯の花が匂った。

静かな昼時だった、茂睡はあたりをよく見まわして人目がないことを確かめ、くだんの穴にそっと忍びこんだ。書院造りの家は前とまったく同じようすをしてそこに在った。付書院の窓から覗くと、この前見たのと少しも変わらぬ襖絵があり。図柄にも唐紙の地の色にも変わりはなかった。縁頬《えんがわ》から家に上がりこんで、隣室につながる唐紙を引き開けてなかを覗きこむところまで同じだった。

だが、きょうは、それから先がかなり違っていた。きょうはこのままでは帰るまい、と茂睡は度胸を据えていた。ずかずか隣室へ踏み入って突きあたりの襖の前にピタリと座ったのだ。それればかりか、目の高さにきた引手の金物《かなもの》――桔梗《ききよう》の紋所が打ち出してあった――に手を伸ばして、無遠慮にするすると両側に引き開けた。

また新しい書院があらわれた。壁の建て付け、棚の作りや調度品の設《しつら》えや配置、畳の敷き具合、そして南向きに付書院があることにいたるまで、寸分違わぬ構造だった。奥の襖絵の構図はもとより、引手に打たれた桔梗の紋所もそっくり同じだった。座敷に人影が見えないことも、いまいる部屋を鏡に映したようであった。

こうなったら根比べだ。新しい座敷に入っては唐紙を引き、入っては引く動作をくりかえす。飽きずクサラず、ただ黙々と辛抱づよく、単純な仕草に専念する。どのくらい時間が経ったのだろうか。とうとう茂睡は最後の座敷に行き着いた。突きあたりにはもう新しい襖はなく、したがって次の部屋もないらしかった。正面奥には床の間と違い棚がほどよく設えられ、床板の中央に古びた腹巻鎧が飾られていた。誰の所有だったのだろうか。弦走《つるばしり》(胴の正面に実用と装飾を兼ねて貼った絵韋《えがわ》)に「丸に桔梗」の紋所を染め出しているのが目に留まった。鎧の脇にきちんと畳まれた懐紙が由緒ありげに置かれ、それに書いてある文字は「山吹の言はぬ心もうつろひて」と読めた。宗祇《そうぎ》の連歌集『老葉《わくらば》』に見える付句だ、と日ごろ歌学を修練している茂睡にはわかった。そして、床柱近く置かれた花活けに黄色い山吹の花が無造作に投げ入れてあった。

付書院の明かり取り窓から見える戸外の陽光が傾《かし》ぎ、しだいに射しかけてくる角度を変えていた。さすがに疲労を感じた茂睡は、急に手足を伸ばしたくなって建物から庭へ出た。見渡したところはごくありきたりの泉水庭だったが、池の対岸に聳えている築山の裏が開けているようなので、踏石伝いに池をめぐってみると後ろは意外に広いことがわかった。廻遊式に設けられた通路を道なりにたどる。途中には天然の岩場になっている急勾配の坂道などあり、そこを登りきると茂睡はいつのまにか、後にしてきた屋敷を反対方向から眺めおろす高みに立っていた。

背後から微風が吹いてくる。ふりかえって見れば、眼下には茂睡がこれまで目にしたことのないほど新奇な景観をそなえた下界がひろがっていた。所々に伽藍堂塔の瓦屋根を覗かせつつ新緑が目立つ丘陵を縫って青々とうねる水面は、なんという川だったか見当もつかず、目路《めじ》の涯でもうひとつの流れに合流するあたりが人家の煙でうっすらと霞んでいた。

これは江戸のどこの眺めだろうか？　と茂睡は心中で訝《いぶか》しんだ。

『紫の一本』を執筆していたころは、土地の高低がゆかしくてたいがいの谷や窪や坂を歩き倒し、いきおい高いところにも登りつけている茂睡だ。江戸の鳥瞰的景観ならたいがいの高台から見おろしたという自信がある。しかしいま、現に目《ま》のあたりにしている眼下の土地の形状は、その茂睡にしてからが、いまだかつて見たことのないものであった。

ここはそもそも江戸なのだろうか？

こんな根本的な疑念が心の底のほうから頭をもたげてきて、茂睡は「バカな！」と苦笑しながらあわててこれを打ち消した。

見えている地形は江戸の一部に決まっている。きょうだって、朝のうちに家を出てから午後の遅い時刻まで、茂睡は一歩たりとも江戸の地を離れていない。現在、自分が立っているこの地点にしたところで江戸城北方の白山台から出はずれてはいないはずだった。ここが江戸であることは金輪際《こんりんざい》まちがいない！

それにしても不思議だ。茂睡は現実に江戸府内にいるのに、目にしているのは現実の江戸ではなかった。もしかしたら、いま足を置いている場所もほんとうは江戸ではないのかもしれない。これが錯覚でないとすれば、世界にはあると信じるしかない不可思議な真実が存在すると認めなければならない。

考えてみれば、これらの不思議な事柄は、茂睡が屋敷の裏山にある横穴に潜りこんだそもそもの初めから始まっていたのだ。穴のなかに家屋があり、その家屋の外に庭があり、庭の背後はさらに広い空間につながっている。頭上にはやたらに高い空がポッカリと開けていて、「青天白日」とはこんな空をいうのかと思わせるくらい晴れやかなようすをして、江戸の町を超然と見おろしていた。

これはどこの土地の、いつの時代の空なのだろうか？

それは卒然と立ちあらわれた、いま初めて見る別天地だったが、不思議なことには茂睡が日ごろからよく見知っていたような気のする、ものなつかしい時空なのだった。

だが残念ながらもう夕暮が迫っており、その日はそこで引き返すしかなかった。茂睡は地下の書院の部屋部屋をたどり返し、元の横穴から地上へ戻った。

七

そしてきょう。

茂睡は勇んでまた館林藩下屋敷跡へ足を運んだ。茂睡の足は自然に敷地の奥へ向かう。その方角へは白山台地が急に迫り出していて、崖の斜面になり、そこに大きな横穴が口を開けているはずだったが、

「ヤヤヤッ！　これはどうした？」

穴がなくなっていた。崖にぽっかり口を開けていた洞穴はすっかり消え失せ、横穴を埋め戻した痕跡もなかった。目の前にはただなんの変哲もない赤土の崖がそばだち、来たる者を拒んでいるきりだった。晩春の日ざしがのどかに崖壁を照らしていた。上のほうで繁茂した草叢が揺れていた。

しかし、崖裾には立派な竹矢来がしつらえてあり、その麗々しい構えはかえって、ここにかつてなにかがあったことの証跡を示しているかのようだった。ただのなにもない場所であったら、こうも厳めしく警固される必要はないではないか。

わけがわからず、茂睡は呆然とその場に立ち尽くした。なにかが起きたにちがいなかった。

この土地を管理する役人たちは、起きたことの真相を人目から隠すために現場を竹矢来で囲ったとしか思えなかった。ところへ――

バシッ！

不意に右肩へ一撃を食らって茂睡はよろめいた。いつのまにか身近に寄ってきていた見張番がいきなり携えていた六尺棒で打ち据えたのだ。乱暴だが、まず相手をどやしつけてから取り締まる、というのがこの時代の下役人の流儀だった。見張りの役人は権威を笠にひどく威張りたがった。

「ここな胡乱者《うろんもの》めが。このあたりに長居してはならぬ。とっとと立ち去りませい！」

「あ、これはご無礼つかまつった。身共《みども》は元はこちらにゆかりの者、ここにあった建物が気がかりでちと探しものをしてござった。他意はござらぬ」

茂睡は腹立ちを抑えて、つとめて穏やかな口調でいった。小役人が虚勢を張るのは、いま始まったことではない。それに古びた道服を身につけた貧弱な老人――当年ちょうど五十五歳だった――の言い草になど耳を貸すわけはなかった。だが下手に出たのはかえって逆効果だったらしく、番人はいよいよ居丈高になり、仲間まで呼び寄せて茂睡の両腕をねじ上げると、「痛い痛い」と叫ぶのもかまわず、茂睡を敷地のはずれまで引きずり出した。

「これはご無体な。奥の建物に用事があると申しておるのに」

抗弁してもムダだとは知っていたが、激しく言いつのらなければ気がおさまらなかった。

番人たちは鈍感な顔をして無表情に聞き流していたが、それでも年かさなほうが分別臭い調子で茂睡をさとすようにいった。

「そのほう、しきりに建物、建物と申すが、そんなものはどこにもないではないか。見よ、あそこには崖だけがあって、他にはなにも見えないではないか」

「現になにもありはせんのだ」

と、もうひとりが尻馬に乗る。

「無理やり、ないものをあると言い立てて因縁をつける気か？」

「そりゃ言いがかりというものよ。罪になるぞ。お縄になるぞい」

「縄目の恥をこうむらぬうち、サッサとこの場を立ち去らっしゃれ。ご同役、いかがでござろう？」

「おお、そうだとも」

「じゃと申して」

と、茂睡はなおも食い下がろうとしたが、相手の愚鈍そうな自己満足げなようすを見て断念した。こういう手合いとは話をしてもムダだ。せめて最後に一目と、二人に引き立てられながら首をねじ曲げて背後を見返る。逆を取られた腕が痛かった。

見えた！　くだんの崖は午後の日を浴びて元の場所に寂然《じゃくねん》とそばだっていた。洞穴の埋め跡どころか、崖面の赤土層《ローム》の表土には鑿《のみ》によってでも鶴嘴《つるはし》によってでも、いっさい手を加えた痕跡は見あたらず、ツルンとした手つかずの地肌が、強情娘のかたくなに閉じ合わせた腿のように人びとの視線を拒んでいた。

横穴はなかった。そこから奥に延びている通路の形もなかった。そして当然のことながら、通路の奥に見えていたあの謎の家屋の姿もなかった。家屋の内部で延々とつながっていた同じ書院造りの座敷の数々ももちろん見えるはずはなかった。付書院の窓から覗け、また庭伝いに出た裏山の高所からふり仰いだあの「青天白日」の空ももう二度と見ることはできなかった。地中の書院を再度訪問する道筋は永遠に鎖されたのである。

やり場のない怒りの感情が茂睡の全身を押し包んだ。押さえつけられている両腕をふりほどこうとしたが、結果は二人の番人に敷地の外へ突き出され、胸元へ威嚇的に六尺棒を差しつけられただけだった。

しかし茂睡の胸内には、もうひとつ別の情感が漿液《しょうえき》のように滲み出してきて静かに水位を上げ、しだいしだいに怒りの感情を鎮めていった。その情感は「諦念」でも「達観」でもなく、おそらく「明察」とでも表現するのが最適であるような心境だった。

茂睡にはいま起きている事柄の全輪郭がくっきりと見えてきたような気がした。

天機は去ったのだ。世界にふと現出したあの不思議な開孔部はまたぴたりと閉じて開かれることはない。五十五歳の茂睡は、無限の哀惜の情を籠めて、そこからチラリと覗けた歴史の春機発動とでもいうべき時期の追想に耽った。茂睡の短からぬ生涯にただ一度だけあらわれ、また瞬時に消失するごく短命な《時間》――それはただ別れ際にしかその実在を感じ取るすべのないものだった。

茂睡はこれ以上番人たちには抗《あらが》わず、踵《きびす》を返して館林藩下屋敷跡を後にした、この界隈では町の外観を一変する大土木工事が着手されているようだった。やがて寺社造営と犬小屋造設の時代が始まろうとしていた。きっとイヤな時代になるだろうという予感がした。

算法忠臣蔵

一

「父上。ソリャ慮外ながらお考えちがい。いかにも不徹底な仕儀と心得まする。われら、いったん不義士と呼ばれて赤穂を追われた身なれば、もう二度と昔どおりの武士には戻れませぬ。それぐらいのことのお弁《わきま》えもなきか。イヤハヤ、お情けないを通り越して、拙者、呆れて物も申されぬわ」

「じゃと申して。かりにもこの九郎兵衛、赤穂藩の城代家老と仰がれた身じゃ。いまさら己れを軽んずることができるか！」

「サ、それが父上のおまちがい。なんと申しても、われらは一度赤穂を逐電《ちくてん》した身の上。それも石を投げられぬように夜逃げ同然に退散したわれらでござる。家財道具は置きっぱなし。拙者はまだ幼い娘を屋敷に置いたままにした上、女駕籠に身を隠し、赤穂の港から船で逃げ出した始末。みな父上をお助けしようとしてでござった」

「かたじけなく思うておる。じゃが、それもわしの身分を重んじてのこと。いやしくも藩家老とあるからには、体面に疵《きず》をつけてはならぬのじゃ」

「ハテ、じれったい。なんど申し上げてもおわかりにならぬと見える。家老の、城代のと申すのは、そりゃみんな帰らぬ昔のこと。浅野のお家では、内匠頭《たくみのかみ》さまがお腹をお召しになってから、万事が変わり申した。父上はもう以前のようには尊敬されておりませぬ。いまはなにか一言おっしゃれば部下がヘイヘイ動く時代ではないのですぞ」

「そんなことはあるまい。殿が若気のいたりとはいえ殿中で無思慮なおふるまいに及ばれるまでは、赤穂のお国は身代《しんだい》がしっかりしていて、特産の塩は江戸にまで出まわり、銀札は大坂の市場でも通用した。お国の身代をここまで堅固に固めたのは、憚《はばか》りながらこのわしじゃ。いや、わしひとりの働きに帰するといっても過言ではない。それほどの人間を無下に邪魔者扱いするという法があってよいと、そちゃ申すのか」

コリャダメダと、大野群右衛門《おおのぐんえもん》は天を仰いで長嘆息した。家中で幅を利かせていたころに下から「ご家老ご家老」と奉られ、さんざんチヤホヤされたために身についてしまった傲慢と尊大は簡単に抜けるものではない。それどころか、親仁どのにはどうやら下世話で「渡る世間は鬼ばかり」という自明の理《ことわり》も呑みこめてないらしい。赤穂逐電このかた世間から大野一族にどんなにツメタイ眼が注がれているかがトンとわかっていないのだ。これからは不肖群右衛門が親九郎兵衛に代わってこの難局を切り抜けねばなるまい。

大野九郎兵衛とその子群右衛門のことは、大儒伊藤仁斎《いとうじんさい》の次男で自分も博識な儒者として知られる梅宇《ばいう》——母は尾形光琳《おがたこうりん》・乾山《けんざん》兄弟の従姉妹《いとこ》であり、元禄京都の文化サークルの中心部にいた——が、随筆『見聞談叢《けんもんだんそう》』に記している（巻之六）。

それによれば、九郎兵衛は仁斎の知りあいであり、京都の御室《おむろ》に居を構えていたが、「不忠の人」だったので、仁斎は交際しなかった。仁斎が御室の花見に出かけたときも、門前を通りすぎるだけで訪問はしなかったというのである。赤穂退転の後、九郎兵衛は閑静と名前を改めて暮らし、しばらくは金銀も豊かだったと見えて、北山で焼かせた炭を家来の者に売らせたりしていたが、やがてすぐ貧乏になった。

長子の群右衛門も小堺十助《こざかいじゅうすけ》と名前を変え、初めは裕福な浪人の風体でたいそう羽振りがよかったが、だんだん続かなくなり、そのうちに日用頭《ひようがしら》という商売を始めた。ちょうどそのころ、京都御所が炎上——宝永五年（一七〇八）三月の京都大火——し、諸国諸大名が「お手伝い」として多量の日傭人足を復興現場へ動員したが、小堺十助こと大野群右衛門はその人夫たちの雇用と手配を取り仕切る業務を渡世とした。

だがそのうちに閑静は死去。しだいに「閑静」とは九郎兵衛の世を忍ぶ仮の名と知れわたり、十助も「ありゃ、じつはあの『不忠者』の子だ」とわかって、日傭からも「おらあ十助の世話になるのはイヤだ」という連中が続出するありさまになって、商売は振るわず、とうとう飢え死にをしたそうだ。人間の盛衰はふつう十年、二十年かかって定まるものなのに、わずか七、八年で餓死するとは、まこと「不忠の天罰」というものだろう、と梅宇は感想を述べている。

これまで大野父子活躍の事実はあまり世間の目に触れることはなかった。というのも、大野九郎兵衛の名は赤穂四十七士の盛名の蔭に隠れて、不義不忠の武士という汚名に包まれ、口にするのさえ汚《けが》らわしいとすっかりタブー視されてきて、誰もまともには扱わないという状態がずっと続いていたからである。ましてや、その子の群右衛門にいたってはまったく無名の存在であった。わずかに『浅野家分限帳』の「組外之面々」という部類に姓名が見えているだけである。それも元禄六年のものには禄高の記載がなく、元禄十三年のものには「米二十石」とあるのみ（『大石家義士料』所収）。

四十七人の浪士による吉良邸討入りがあまりにもうまくいったので、以後誰も、この壮挙の裏側に内匠頭の舎弟浅野大学を当主に守り立てて赤穂藩を存続させようとする計画が練られていたことを真面目にかえりみようとしなかった。いちど潰れかかった藩を再興するには地味で着実な努力が必要だ。他藩にも大坂の商人筋にも信用を得ている経済力がいまだに健全であることを天下に示さなくてはならない。とりわけ藩境を越えて近隣地方に広く流通し、幕府からも一目置かれている銀札の信用を回復することが不可避だった。そのために有名無名の人びとが踏ん張った。このとき蔭で尽くされた粒《りゅうりゅう》々たる努力は、記録に残っていないし、歴史の表面に浮かび出ることもなかった。

江戸時代も元禄元年には八十六年目を迎える。社会構造も組織機構も変わってきている。赤穂藩もいつまでも昔の封建小国家のままではない。一国単位で産物の売却とか藩内インフラへの投資とか、さまざま経済運営をしなければならないのである。事務労働の量が増えて、経理に明るい人士が必要とされた。

浅野時代の赤穂藩には「算用方」という部局はなかったようだが、国元にも江戸にもそれぞれ「会計方」があり、何人もの役人を抱えていたことが『浅野家分限帳』から知られる。また、とくに「算用」「会計」といった部署名はなくても、運上《うんじょう》(営業税)方・蔵奉行・普請奉行など、会計事務で数字を扱うことの多い部局では、下役に算用が得意な者が重宝された。ましてや銀札を発行し、運営し、請求があれば所定額の銀と交換する業務をことする札座《さつざ》の役人は、全員が算法に堪能でなければとても勤まらなかった。

赤穂藩の銀札はすでに元禄以前、延宝八年(一六八〇)から発行されており、一匁・五分・三分・二分など何種類もある。その運営には大野九郎兵衛の貢献が大きかったといわれる。だとすれば、のちに内匠頭の切腹で赤穂藩に存亡の危機がおとずれ、銀札払い戻しの儀が日程に上ったとき、九郎兵衛が多大な発言権をもった事情も自然に腑に落ちる。そしてこのころまで、嫡男の群右衛門のことが全然話題になっていないのは、二十石の小禄を食《は》んでいたとはいえまだ部屋住み同然の身分だったからだと思われる。

藩内で役職を得るにはきちんと手続きをして、家督相続を済ませなければならない。大野九郎兵衛のような男がすんなり隠居して惣領に家職——それも一藩の家老職である——を譲るなどということはちょっと考えにくいのである。

二

元禄十四年(一七〇一)三月十四日、江戸城で発生した椿事《ちんじ》をいち早くキャッチしたのは、武士社会よりもむしろ商人社会だった。政治よりも経済のほうが反応は早かったのである。主家の危難を告げるために相次いで江戸を発った、つごう四挺の早駕籠は、いつもなら十七日行程の道のりを四日半で走破し、十九日には赤穂に到着していたが、すでにその三月十九日には銀札の両替（所定量の現銀支払い）を要求する各地の商人たちが多数血相を変えて押しかけてきていた。取りつけ騒ぎが始まっていたのである。

赤穂の銀札には信用があり、藩境を越えた近隣一帯で通貨同然に流通していたから、いったん躓くと影響もすぐに出た。瀬戸内海を渡った四国や家島《いえしま》方面からも、札を銀と交換しろと詰めかけてくるのだ。札座の役人たちはうろたえた。赤穂藩の銀札発行高は、元禄十四年三月現在で九百貫、これの替り銀（兌換《だかん》準備銀）として七百貫が常時用意されており、残りの二百貫は塩浜の製塩業者から納入される運上金をあてて、つごう九百貫という計算になっていた。

ところがつい最近、不時の支出――おそらくこの年赤穂藩に課された勅使接待費の調達であろう――があったので、これを引き当て（抵当）にして大坂で借銀をしたものだから、運上金は借方に計上され、札座の勘定は差し引き二百貫の不足のまま、やりくりしなければならなかった。そんな矢先に取りつけ騒ぎが生じたのである。銀札を多量に抱えこんだ商人たちにしてみれば、赤穂藩がこのまま取り潰されたら、銀札は一挙に紙屑になってしまうから、一世一代の死活問題である。札座の役所に乗りこんでかけ合うのも必死の形相だし、役人にかける言葉もいきおい雑言狼藉《ぞうごんろうぜき》になる。役人の側も臨戦態勢で、加役《かやく》（臨時職員）・足軽を大勢動員し、全員に差込鉢巻《さしこみはちまき》（固い芯を巻きこんだ鉢巻）をさせ、手槍を提げさせるという物々しいいでたちでかけ合いの場を警備させるありさまだった。

そんな騒然たる、というより緊迫した空気のなかで、連日、家老ら最高首脳部の評議がおこなわれた。周囲からのプレッシャーはすさまじかったろう。いまや主君は亡く、藩が存続するか否かは未知数であり、これからどうなるかはお先真っ暗なところへ債権者の群れが押しかけ、用意金は不足し、かねて頼みにしていた塩浜からの入金は途絶える――やがて潰れるとわかっている藩にカネを出すバカはいない――といった悪条件のさなかになされた評定は、なまなかの精神力でできることではなかった。

なにはさておき、まず金策を講ずるのが急務だった。内匠頭切腹の報がもたらされた十九日のすぐ翌朝の二十日早朝、組頭の外村源左衛門《そとむらげんざえもん》（四百石）が海路広島へ向かい、二十二日に着いている。広島藩四十九万八千石の藩主浅野綱長《つななが》は赤穂浅野家の本家に当たる。札座両替銀の不足分二百貫、及びこのたびの「家中不勝手引き払い」で難儀しているので百貫、つごう三百貫を無心しに行ったのである。本家では沖権大夫《おきごんだゆう》という年寄役が応対に出、借銀依頼の大石良雄・大野九郎兵衛の書状を渡されたが、主君綱長は参勤交代で留守につき、江戸へ報告してから返答するとだけ答えた。分家が起こした累《るい》を本家に及ぼすまいとする老臣らしい配慮だったかもしれないが、赤穂藩ではこれを体《てい》のいい拒絶と見、「銀子、借用に及ばず」とあっさり断念している。

三月二十三日、外村が次に借銀を申し入れたのは備後三次《びんごみよし》藩だった。内匠頭の親戚にあたる浅野長澄《ながずみ》（綱長の弟）に泣きついたのである。長澄は委細を聞き届けたあと、外村へ「いよいよもって御領分騒動に及ばないように」と申し渡した。同じ親類筋でも扱いは雲泥の差だと、本家への世のそしりは甚だしかったという。

江戸では柳沢吉保《やなぎさわよしやす》も赤穂の状態を気にかけていたようである。大坂城代土岐伊予守頼殿《ときいよのかみよりたか》（越前野岡藩主）の用人吉崎甚兵衛の書状によれば、伊予守は浅野家取り潰しのニュースが世に広まり、百姓たちにも動揺が波及することを憂慮し、「隣国の大名衆に注意をうながす」ように老中へ進言したそうだ。吉保は「もっともな心配である」と応じたということだ。赤穂事件は必ずしもローカルなできごとではなかったのである（赤穂市刊『忠臣蔵』第三巻）。

赤穂の町は上を下への大混乱であった。浅野家中では知行取り・無足人のどちらへも蔵米の支給が始まり、それを町方へ売り払って現銀化する動きも出た。銀では一石七十匁、銀札では一石百二十匁（およそ七割ほど安くなる）で売れるというのが相場である。そんな自然相場の動きを見はからってのことであろう、札座は三月二十日から銀札を「六分両替（額面の六割交換）」で決済するという思いきった挙に出た。銀札の所有者は四〇パーセントの損になるか、替えずにもちつづけて紙屑になるのを座視するかのオプションである。

商人は利にさといから、渋々ながらけっきょくはこの決定にしたがった。そればかりではない。古道具・武具・馬具を買い叩こうとする連中も入りこんできた。隣接諸藩の忍びの者（探索方）やら御公儀隠密も潜入する。藩境を接する西隣の岡山藩から来た忍び、浅野瀬兵衛の報告によれば、三月二十二日には札座に藩内外を問わず町人・百姓がおびただしく寄り集まって騒ぎ、「六分両替では四割は丸損になるやないけ、どうしてくれんねん」と喧嘩腰だったのが、二十四日には「やがて江戸から城請け取りの目付衆・代官衆が来ても、われらは断固として六分両替を守る」と強く言いきったので、さしもの取りつけ勢もようやく減じた。危機をどうにか切り抜けたのである。

よしんば割引き決済であろうと完済は完済だ。旧主切腹・領地改易の後わずか五日間で藩の債務を処理した手腕はみごとである。といっても、この時期、赤穂に実在していたのは、いまはもう存在しない赤穂藩の残務処理委員会あるいは清算事業団であり、その核心にいたのは大石内蔵助と大野九郎兵衛であった。この二人が車の両輪になって、複合する難問を同時進行的に処置していったのである。いや、ありていに言って、進んでイニシアチブを取ったのは九郎兵衛のほうではないか。この人物は有能な経済官僚だったし、特別な金銭感覚をもちあわせていた。カネの生態にたいして独特の嗅覚を具《そな》えていたというべきか。

「六分両替」もこれでイケると算盤《そろばん》をはじかせたのも九郎兵衛の冴えたカンの働きだったのかもしれない。

だが、両人の共同作業もここまでだった。四方八方奔走してやっと取りつけを免れ、ほっと一息吐いたころから、九郎兵衛と内蔵助がそれぞれめざす路線は、さながら双曲線の軌跡のように異なる方向をめざして飛びちがってゆくだろう。

大野九郎兵衛の意見は単純明快だ。「まず城を平穏無事に明け渡したうえで、浅野家再興を考えればよい」というリアリズムである。九郎兵衛はそう考えたのみならず、臆面もなくそれを公言して、藩内の多くから反撥された。この経世家は、周囲の空気を読むのがヘタだったのである。

これに比べると、大石内蔵助の考えはなかなか読みにくい。よく問題を簡易化して九郎兵衛の「不忠」と内蔵助の「忠義」とを図式的に対立させ、大野の城明け渡し案にたいして大石は城を枕に切腹するという案を主張したかのように思われているが、事実はそんなに単純ではなく、もっと複雑に錯綜している。内蔵助は筆頭家老だったから、家老合議の席ではいつも上座で場を仕切らねばならない。自分個人の意見をそう容易に言える立場ではないのである。だから内蔵助はずっと本心を明かしていない。家老の会議ではもちろん、城中総評議の席上でも内心を語っていない。とりあえず「全員が切腹しようという方向で一致する。同意の面々は内蔵助あてに神文《しんもん》（誓詞）を差し出す」（『江赤見聞記』巻一）という線で、その場をまとめるぐらいが精一杯だった。

内蔵助はこのとき、ほんとうはやはり銀札のことを考えていたのではないか。

こんなこともあった。浅野内匠頭の殿中刃傷および即日切腹の顚末を知らせる急報が、三月十九日中に、二波の早駕籠使者によってもたらされたことは前述のとおりだが、じつはこの日これとは別に、内匠頭の弟浅野大学が足軽飛脚（足軽に運ばせる急便）に托した手紙も赤穂に届けられていた（『赤穂城引渡覚書』）。注目すべきは、そのなかで大学が、まだ内匠頭にどんな処罰が下されるか未定の段階で、地元の赤穂藩が騒ぎ立てないようにと指示し、さらにその手紙の「尚々書《なおなおがき》」（追信）」に「札座のことをよろしく頼む」と付言している事実である。

浅野大学という人物は忠臣蔵の世界ではいたって影が薄い。この後広島藩の浅野本家に身柄を預けられ、やがて浅野家は再興されたものの大名ではなく、わずか五百石の幕府旗本に格下げされる運命をたどるのだが、そうした気の毒な結末は、大石内蔵助が決定的に討入りに踏みきるハズミをつけた。その処遇が結果的に仇討ちの成就を促進する機縁になったこと以外には、まるで出番のない、あまりパッとしない役まわりなのである。

ところが、右の手紙――「大学様より赤穂年寄共へ御書」――の文面に見るかぎり、大学は思いも寄らぬ緊急事態に動転しながらも、いまやこの非常時を切り抜ける責任者は自分しかいないと張りきっている。大学は嫡子のない兄内匠頭の養子になっているが、あまり兄弟仲はよくなかったという噂もある。考えようによっては、もしなにごともなかったら内匠頭存生《ぞんしょう》のかぎり一生冷や飯を食わねばならぬ定めだった大学にとっては、この非常事態は自分に赤穂藩五万石がそっくり転がりこむかもしれぬ、めったにないチャンス到来だったのではないか。

この千載一遇の機会に大学が本藩に与えた指示のなかで、「札座のことをよろしく頼む」と念を押していることにはよくよく深い意味がありそうだ。本状の名宛人《なあてにん》は大石内蔵助と大野九郎兵衛の連名になっている。本藩の実務を取り仕切っている二人に、現時点でなにがいちばん重要事かを指摘しているのだ。

三

さて、どういう手立てで差し迫った破綻の危機を回避するかが問題だった。匙加減を任された二人のうち、方針がはっきり立っていたのは大野九郎兵衛だった。

　この経済官僚にとって、赤穂藩はただの封建武士共同体ではなかった。百姓も町人も塩田業者もひっくるめて藩社会全般の経済的利害関係を調整する一種の経営体というに近い見かたをしていた。そんな九郎兵衛のことだから、内匠頭の切腹自体はなんら藩社会の死活問題ではない。改易《かいえき》（大名家取り潰し）は国法上やむをえないにしても、もし浅野大学が復権を許されて赤穂藩主の跡目を嗣ぐことができたら、せっかく軌道に乗っている経営体を維持しようとする九郎兵衛の青写真では、そのトップが内匠頭だろうと大学だろうと大差なかったからである。そしてこの経営体が安定して持続するには、主家の改易でいちど傷ついた信用を回復し、貨幣同然に通用していた銀札の信頼度が充分に高いことを証明しなくてはならない。その目的のために、銀札の「六分両替」は不可欠であった。

　一方、大石内蔵助はもっと窮屈に武士社会のモラルに縛りつけられていた。筆頭家老の立場上、赤穂家封建家臣団の利益代表にならざるをえない。藩士たちの反応のなかには、亡君の無思慮に起因する切腹・改易はいたしかたないにもせよ、「喧嘩両成敗」の定めに反して、亡君は即日切腹・吉良上野介にはお咎めなしと裁定されたのは不公正であるといったもっとも至極なものもあった。やがて頑強な仇討ち実行派になってゆく勢力である。内蔵助はどの主張にも公平に耳を傾けなくてはならない。藩札処理はいわば超党派で解決が進められ、三月二十六日に両替は遅滞なく済んだが、そこへ江戸から町飛脚が到着して赤穂城接収のため収城目付が近くやってくることが判明するにおよんで、意見がわかれた。二十七日から三日間家臣を総登城させ、城内の大広間で評定会議が開かれたが、評議は議論百出、侃々諤々《かんかんがくがく》のありさまでいたずらに紛糾するばかりだった。なんとしてもまとまらない。

内蔵助と九郎兵衛のあいだにも修復できない亀裂が生じた。当面のオプションは赤穂城をすんなり引き渡すか、それとも一悶着起こすかの二者択一であった。九郎兵衛の主張はわかりやすい。目標を浅野大学の復権にはっきり定めて、少しでも有利な条件を作り出すための下工作を作っておこうというのである。九郎兵衛のリアリズム感覚では、それのみが唯一可能な現状打開策だ。あっさり城を明け渡すのがベストなのである。

それに引き替え、内蔵助の立場は複雑だった。内蔵助とても大学復権に希望を托す気持ちがないではない。それどころか、のちに吉良邸討入りと肚を決めたタイミングが、大学はもう大名に戻れないという最終処分が判明したときだった事実が裏返しに示しているように、内蔵助も浅野家復興に一縷の望みをつないでいたのである。だから、堀部安兵衛のように血気にはやる急進派を抑える役割も演じなければならない。一部の旧藩士が直情径行に走らぬようたしなめる一方では、亡君への忠義に殉ずる大義のタテマエを否定するわけにはいかない。その両極に引き裂かれつつ、本心を秘めて明かさない内蔵助は優柔不断とそしられ、煮えきらない男だと罵倒され、しまいには「大石抜きで仇討ちを決行しよう」と大石はずしさえ計画されるにいたる。だが、いまはまだ状況はそこまで煮詰まっていない。内蔵助がひたすら隠忍自重を決めこんでいる段階の話だ。とはいえ、筆者《わたし》はここで忠臣蔵の定番になっている辛抱役大石内蔵助の語り尽くされたエピソードをくりかえすつもりはない。これから物語ろうと思うのは、どこまでも、「六分両替」で正銀と交換された藩札がそれからどうなったかというカネのその後の物語なのである。

延宝四年（一六七六）に発行された藩札（正銀に兌換されるので「銀札」と呼ばれた）は、最初に生まれた藩札でこそなかったが、十七世紀に近畿地方の先進社会で盛んになった商品流通を背景に発展した何種類もの私札《しさつ》――伊勢信仰の普及にともなって伊勢外宮《げくう》の神職兼商人である山田御師《やまだおし》が発行した「山田羽書《はがき》」など――の流れを汲み、当初の金券・クーポン券まがいのものがしだいに代用貨幣の機能を果たすという経過をたどって、諸藩諸地域社会の経済に隠見しつつ、明治初年にいたるまで江戸時代紙幣流通史の縦軸上に揺るぎない位置を占める。

赤穂藩の藩札処理に示された手際のよさは忠臣蔵物語のなかで伝説化された語り草になっているだけでなく、日本の貨幣経済史・経済流通史のうえでも、ひとつの記念碑的なトピックとして位置づけられてもいる。

赤穂の銀札以後も、幕府は通貨流通量の膨張と収縮のサイクルに合わせて一張一弛《いっちょういっし》しながらも金札・銀札の発行を容認してきた。それらの藩札は各藩それぞれの事情に応じて、通貨不足に対処する代用貨幣、藩の予算欠乏の補塡などの目的に供されたが、幕末期には乱発され、ついに「通貨錯乱」といわれる大混乱をもたらした。そのとき明治政府が収拾策として示した交換率は、「長州藩の藩札は銀百匁につき一円三十銭、佐賀藩は一円三十三銭五厘、福岡藩は六十三銭五厘、薩摩藩は三十二銭」等々であった。最高でも一・三分に抑えている、赤穂藩の両替率がいかに破格の好条件であったかが知れよう。

なるほど赤穂藩札は、発行の初めには商品経済の発展に比して相対的に不足する正銀を補う手段として藩の支払いに充てられたかもしれない。しかし、延宝八年（一六八〇）に塩奉行が新設され、藩による商品塩の売り捌きが常態化するにいたって、取引仕法《とりひきしほう》（一定の商取引ルール）として藩札が用いられ、藩庁への正銀の導入がなされるようになったのである。

取引はこんな具合に進められる。

塩買人（商品塩の購買者）が赤穂に入船すると、塩奉行・塩問屋・塩売仲間（生産者）・値師《ねし》（塩価制定委員）の五者が立ち会って値段および買付数量を決定し、「受け取り申す為替銀《かわせぎん》の事」という一札をしたため、それと引き替えに塩奉行から藩札を受け取り、これを塩問屋を通じて生産者に支払うというかたちで塩売買の契約が成立する。しかし現物の引き渡しは、そのときすぐにはおこなわれない。正貨が赤穂藩の大坂蔵屋敷に納入されて初めて、現物の手交がなされるのである（広山尭道『赤穂塩業史』）。

元禄十四年（一七〇一）に浅野家が改易されるまでの赤穂藩は、塩業を軸にして盛況を誇った。塩そのものの売買だけでなく、関連諸産業にも経済効果が波及したのである。

塩魚は五島・平戸・長崎辺にまで送る。塩は当地の名産で他国に勝《まさ》っている。江戸に積み出す塩荷を大俵《おおだわら》といい、諸国に売るのを小俵《こだわら》という。塩買取りのために讃岐《さぬき》（現・香川県）・阿波《あわ》（現・徳島県）・和泉《いずみ》（現・大阪府南部）など近国から商船がやって来、領内の金融をおおいに助けるから、塩浜の盛衰は領地全土の景気に影響する。坂越《さこし》（赤穂東部の港湾）には商船がいつも碇泊し、近年は西国の諸侯がこぞってここに上陸するので、日々に繁栄している。（『赤穂郡志』）

江戸や大坂のような大都市を中心に形成された広大な消費文化圏は巨額の商品需要を創出し、それに呼応して空前の流通経済が生まれる。西国でその舞台になった瀬戸内海東域を見渡す位置にあって、当時の赤穂は物資集散の重要な中継地であった。物資が運ばれる。カネが動く。しかも都市人口の食生活に不可欠な上質の塩はこの地の特産物だ。商品塩の取引は右に見たような厳格な仕法のもとでおこなわれるが、その際、塩売買の過程で藩札が発揮している機能に注目しよう。

第一に、藩札は塩奉行（つまり赤穂藩の公権力）による保証のもとで、塩買人→塩問屋→生産者という経路をたどる。しかし「正貨が赤穂藩の大坂蔵屋敷に納入されて初めて、現物の手交がなされる」のであるから、藩札はこの段階ではまだいずれ確実に正銀と引き替えられる証文（為替手形）であるにすぎない。塩奉行の一札がなければ誰もこれを受け取らないだろう。

第二に、右の取引の結果、赤穂藩には大坂蔵屋敷を通じて正銀が入るが、生産者には藩札しか入らないというしくみができあがっている事実である。これは見かたを変えれば、藩が貨幣（幕府が鋳造し、日本全国で通用する正金銀）を入手する手立てだったともいえる。そのために赤穂藩は商品として生産される大量の塩の藩外輸出を発展させ、また販路確保のため大坂市場との結びつきを深めた。そこで役立ったのが藩札である。

大坂の商人Aが赤穂の塩問屋Bから塩を買い入れる場合、AはBの信用によって札会所《さつかいしょ》（札座）から藩札一定額、たとえば二貫五百匁を前借りして支払い、塩を買い受ける。が、「現物は大坂蔵屋敷――もちろん藩の機構だ――に正貨が払いこまれるまで発送しない」という前述の仕法があり、しかも赤穂領外から領内にたいして「銀から銀札に両替するときは一歩戻り」と定められた慣行的な相場もできている。「一歩」は「一分」、一パーセントである。二貫五百匁の正銀は銀札では二貫五百二十五匁の銀札に換算されるのだ。ちなみに領内の者が正貨を藩と交換する場合は二分であった。要するに藩当局は誰からも機会がありしだい、正金銀が藩庫に納入されるように取りはからっているのである。

元禄年間は滔々たる商品経済の高潮が日本全国を浸しはじめた時代である。物品は豊富だったが、いざそれを手に入れるためには貨幣が必要だった。純然たる消費生活者になった武士の社会はなおさらそうだった。赤穂藩が製塩業の育成に力を注いだのも、貨幣を少しでも多く増加させ、蓄積させる財政政策のあらわれだったといえよう。

赤穂藩はゲンナマの獲得に熱心だった。浅野内匠頭や大石内蔵助が小判に目の色を変えていたとは思えないが、藩組織の一部、たとえば札会所などは貨幣第一主義で押しまくっていたことは容易に想像できる。札会所勤めの役人のあいだにもその辺の理屈を理解する者は多かっただろう。いうなれば、赤穂藩はしだいにそれと知らずに重金主義の思潮に洗われはじめていたのである。

ここでいう「重金主義」とは、貴金属だけを富の形態として重んずる経済思想で、ふつう

「重商主義」に先立って採用される政策であり、日本では徳川綱吉の時代――まさにこの物語の現時点だ――に、幕府や先進諸藩が事実上こうした考えかたに傾いていたと観察される。赤穂藩では貨幣を入手するために特産物の塩を専売化する方向に移行しつつあったが、忠臣蔵事件で途絶するしかなかった。

ところで最前、赤穂藩の経済事情は「銀札発行高は、元禄十四年三月現在で九百貫、これの替り銀（兌換準備銀）として七百貫が常時用意されており」、常時二百貫の不足金があるという状態にあったのを、藩当局は「銀札を「六分両替（額面の六割交換）」で決済するという思いきった挙に出」て乗りきったと書いたが、よくよく吟味してみると、扱われている数字には微妙な疑問があり、それを無視してこの物語を書き流すことはできかねる。

まず発行されていた銀札の総額の問題がある。前にも引用した岡山藩忍び浅野瀬兵衛の報告（四月二日）には「札の高、都合三千貫目ほどの由」という一文があり、これを根拠にしてか、「最終的に回収された藩札は、藩当局が把握していた額を、はるかに上回っていた」（山本博文・近藤崇『知識ゼロからの忠臣蔵入門』）とする説もあるが、九百貫と三千貫とでは少し上回りかたが大きすぎるから、この数表記はあまり信頼できない。まあ、実際の発行高は藩当局の見積もりより多かったというぐらいに読んでおくのが無難だろう。

いずれにせよ、全部で最低九百貫分の銀札が出回っていて、それを六割（一貫につき六百匁）で回収したのだから、札会所から支払われた正銀は五百四十貫のはずである。純計算どおりなら、平素から引当に用意していた銀七百貫の枠内で充分間に合う金額だ。だがそれはどこまでも結果論で、事実をいえば、藩当局はもっと慎重に最悪の場合も想定して、方々の親類に手をまわし、どうにか不足が出ないように準備を整えたのだ。少なくとも、三次藩浅野家は幾許《いくばく》か——金額は明記せず——を拠出したと記録にはある。

もしこの金策がうまくいっていたとすれば、札会所はまるまる九百貫、正銀を用意できたことになる。この九百貫から実際の支払いに要した五百四十貫を差し引いた三百六十貫は札会所に残った勘定だ。うまくゆかず、七百貫だけで切り盛りしたとしても、百六十貫の正銀は手元に残る計算になる。かりに実際の藩札発行高が九百貫分より多かったとしても、最終的には両替一件が無事落着したのを見れば、いちばん悪くて収支トントン、ありうべきケースとしては若干の残金があったというところではあるまいか。

ところでそのカネはどこに消えたのだろうか。赤穂浅野家改易・赤穂城明け渡しにともなう財産処理のことは『江赤見聞記』などにある程度くわしく記されていて、城・屋敷の幕府への返上、城付きの武具・具足などの引渡し、「城付き兵粮米《ひょうろう》」三千三十六俵（千二百十四石四斗）の処分などが進められた経過はよくわかるが、札会所にあったはずの正金銀のゆくえは皆目《かいもく》わからないのである。この空白は忠臣蔵研究において不思議な盲点をなしているというほかない。

いま、その残りガネの額を銀百貫と仮定しよう。これだけでもいざ金《キン》になおして計算すると、元禄十三年（一七〇〇）の公定換算率では金一両は銀六十匁に当たるから、金千六百六十七両弱という計算になる。

赤穂藩の石高は五万石だから、一石＝一両の公定相場で金に換算すると藩の総収入は単純計算で五万両、銀では三千貫だ。札会所が発行し、藩外にも通用させた藩札の総額はおよそ九百貫（三分の一弱！）と見積もられているから、いかに藩経済中に占める割合が高かったかがわかる。そしておそらく、よしんば独立採算とは言えぬまでも、かなり自主性の強い部門なのではなかったろうか。年貢収入を基本的な財源とする一般財政とは別枠の会計が営まれていたのではあるまいか。

このように藩経済の運営が複数の基盤でなされている事態は、財政を一元的に管理する中心の不在を意味している。赤穂藩は塩の専売を目標に——たとえばはるか後年、幕末の長州藩が「四白《しはく》」政策の一環として、米・紙・蠟《ろう》とならんで特産の塩を山陰・北陸・東北から蝦夷地（北海道）の箱館《はこだて》（函館）や小樽《おたる》にまで出荷し、その専売を藩の貴重な財源としたように——藩を挙げて重商主義国家化をめざすコースの途上にあった。しかしその方針は藩是とするにはほど遠く、浅野家の家臣団のあいだで充分理解されていたとは思えない。

いくら意見の不一致や思惑ちがいが混在・共存していても、通常時の社会ではそれが内訌や葛藤としてあらわれることはない。しかしいったん忠臣蔵事件のような非常事態が起こり、危機が訪れると、日ごろ目立たなかった軋轢《あつれき》や衝突が一挙に表面化する。その実例は、藩札両替騒ぎの直後に赤穂で起きた種々の混乱や不正の摘発の事例のうちに見出せる。いままでうまく隠されていた小悪事だのごまかしだのが人目に晒されるようになるのだ。

四月十三日に多口宗円《たぐちそうえん》という小納戸《こなんど》坊主《ぼうず》が追放になった。小納戸——主君の身のまわりの世話をする職掌――の業務で江戸から紙蠟燭《かみろうそく》（室内照明具の一種）の取り寄せを一手に引き受けていた男である。かねてからなにかチョコチョコ中間で稼いでいるのではないかという噂があったが、今回屋敷明け渡しのため部屋を掃除したところ、鼻紙袋に五両隠してあったのが発覚したそうだ。

村々の庄屋・大庄屋クラスの人びとの経済犯罪も明るみに出た。年貢の取りこみをやっていたのである。毎年、土地の百姓から供出される年貢米をきちんと納期どおり藩に納入せず、自分の手元に置き、米価の高い時期に米商人に横流しするしくみである。公事《くじ》（訴訟）になって詮議したら、みな「引負《ひきおい》（使いこみ）」をやっていたことが判明した。何人かが罪にされた。

塩浜でも不正があった。四月十三日には尾崎《おざき》塩浜の庄屋又四郎・長左衛門・庄右衛門その他九十人の面々へ札会所から銀九十貫を貸した。運転資金の前貸しであろう。ところがそのうち六十貫を「取りこんで」いたのが露顕して、町年寄一人、庄屋二人が追放された。前借金を浮き貸しにまわしていたらしい。同日には他村の庄屋与三左衛門が入水《じゅすい》自殺をしている。原因は不明だが、似たような事情が背後にあったにちがいない。

どんな時代のどんな社会にも裏の世界はあるものだ。その世界の住人が隠れ蓑にするのは、いずれは法網の破れ目とか賢人知恵者がうっかり見落とした法規の不備・現行社会の不具合とかのたぐいであって、けっきょくは既存秩序の裏模様であるにすぎない。

しかし赤穂藩が浅野時代になり、延宝八年（一六八〇）に塩奉行という部局が新設され、総計百二十七町歩（約一二七ヘクタール）余の塩田を開発したのみならず、それを五千九百八十七石の財源にしたとなると、藩社会はだんだん風通しがよくなってきた。米その他の農産物年貢が全部で五万石だったことを思い起こそう。塩田収入は赤穂藩のGNPのなんとほぼ一二パーセントを占めるのである。しかも赤穂の塩は商品価値が高く、多額の貨幣収入をもたらすので、商品塩の販売組織を藩外にも広げる必要があった。やるべき仕事は山ほどあった。赤穂塩の販路を大坂に広げ、ゆくゆくは江戸の市場へも拡張しなければならない。

貨幣を赤穂に呼びこむのに銀札をうまく使うことだ。塩と銀札は連動していた。塩商品ならびに銀札運営の事業はこれからどう発展するかわからない未知の可能性に富んでいたし、またその未知の界域にこそ、いろいろ野心的な目論見がひそんでいた。

塩奉行と札奉行の許には有能な人間が集まった。みな経理に明るい役人ばかりだった。というより、自身が数字にツヨい九郎兵衛の好みもあってか、経理畑の優秀な人材が優先的に採用された。経理業務も大部分の役人たちには新しい経験だった。貨幣収入とはいっても、現銀のつかみ取りではなく、銀札に正確な金額を明記しての取引だったから、藩当局は塩の生産量・販売量を把握していなければならない。海路を経て売りさばかれる場合には、荷積みの料金も加算する必要を忘れてはならなかった。

札奉行所、それに有徳の町人も加わった札会所に集うメンバーには迅速に仕事をこなす面々が多かったし、メンバーも自分たちの事業に大きな自負心をもっていた。まだ、しかとした形は取らないが、漠然となにかを期待できる「将来」が、いま進んでいるコースの行く手に待ち受けているのはまちがいなかった。この意欲的な部署は赤穂藩の成長株だった。そして例外なく、そこで頭角をあらわす連中は、暗算が得意だとか帳簿がスラスラ読めるとかの特技を身につけていた。

　それはあたかも、のちに寛政改革から生まれた学問吟味が江戸時代後期に官吏選抜試験制度として恒常化し、それに合格した秀才たちが、ある時期には幕府勘定所、幕末には外国奉行所を花形官庁と見て殺到した事情を先取りしたかのようだった。後代の学問吟味にあたるものが、元禄期に大野九郎兵衛がひそかに内々実施していたと思われる「算法」の考課だったのである。

四

　元禄年間は、後世から想像するよりもはるかに高い水準で数学――「和算」といわれる独創的な学問――が研究されていた時代である。たとえばよく名前を知られている関孝和《せきたかかず》という和算家は、生年は不詳だが宝永五年（一七〇八）に没しているから、その活躍期は元禄期（一六八八～一七〇四）と重なっている。

　商人の勃興期といわれる元禄時代には、勘定とか計算とかのスキルへの興味が高まり、そういう人びとに向けて初歩的・通俗的な数学書の需要が生じた。吉田《よしだ》光由《みつよし》（京都の豪商角倉《すみのくら》家の一族）の著した『塵劫記《じんこうき》』（寛永四年／一六二七初刊）はなんども版を重ね、儀村吉徳《いそむらよしのり》の『算法《さんぽう》闕疑抄《けつぎしょう》』（万治三年／一六六〇ごろ？）、野沢定長《のざわさだなが》の『童介抄《どうかいしょう》』（寛文四年／一六六四）、佐藤《さとう》正興《まさおき》による『算法根源記《さんぽうこんげんき》』（寛文九年／一六六九）や沢口一之《さわぐちかずゆき》『古今算法記《ここんさんぽうき》』（寛文十一年／一六七一）などプレ元禄期に相次いで刊行された啓蒙書が普及しており、盛んに読まれていたのである。

町人ばかりか武士社会でも、従来のように刀槍や弓馬で功を挙げて出世するコースでなく、民政を担当して頭角をあらわすタイプの侍が登用されるようになった。なかには算術書を刊行する人びともあらわれた。

これらの書物は世人の好みを反映して、算盤による四則演算から、田畑の面積計算・簡単な土地測量術といった実用的なマニュアル、さらにネズミ算・過不足算（盗人算）・継子立《ままこだ》て（室町時代にできた数学遊戯で、人を環状に並べ、決まった数にいる者を順に抜き出して、残った者を決める）のような数学遊戯に及ぶ幅広さを特色とする。『塵劫記』にはパズルのようにして出題された問題――これを「遺題」と称した――も収められていて、当時の数学好きの知的好奇心を刺激し、新しい問題が後発した算術書に競争で収録され、一種のブームを作り出した。

赤穂藩の札奉行所に集められた役人たちは全部が全部能吏というわけではなかったが、揃いも揃って算法好きだった。ただ算盤勘定が得意だというだけでなく、数について考え、いろいろな数《すう》が綾なす独特の自立した世界に心を奪われるという共通性でつながっていた。世のなかには、外界のできごとをすべて数字の集まりに還元できる特別な才能が存在するものだ。

だから、赤穂藩札奉行所の雰囲気は一風変わっていた。けっして排他的というのではないが、それでも部外者には敷居の高いところがなくはなかった。なにしろ、みんな、なにかというと数字をもち出すから、話題についていくのがむずかしい。囲碁の相手ぐらいはできたが、算額《さんがく》（和算家が算法の問題や解答を書いて神社に奉納した額）のこととなると、よほどマニアにならないかぎり、つきあいかねる。そんな事柄を日ごろから話の種にしている連中ばかりなのだ。敬遠されてもしかたがなかった。

その札奉行所を牛耳《ぎゆうじ》り、貨幣収入を増やし、藩財政を黒字化するのに貢献したのは前にもいったように大野九郎兵衛であり、九郎兵衛が経済官僚として抜群に有能だったゆえんは、世の趨勢に敏感に、かつ世に先がけて《貨幣の生態》とでもいえる領域に絶妙な感知能力をもっていたからである。赤穂の塩は他国に売れ、その代価としてしかるべき額の貨幣が手に入る。だが、貨幣を手に入れる手立てはそれだけではない。銀札をうまく操れば、もともと手持ちの現銀よりも多額の銀に殖やすことができる。いわば、貨幣が貨幣を生むのだ。貨幣には自己増殖力がある。これこそが、九郎兵衛が着眼した《貨幣の生態》にほかならなかった。

商品塩の「取引仕法」の実例として、『赤穂塩業史』は次のケースを挙げている。大坂金屋の手代利兵衛なる者が塩を買おうとして、塩会所から銀札を二貫五百二十五匁分を前借りし、赤穂の塩問屋阿波屋新兵衛から二貫五百匁分の塩を買い受けた。差額の二十五匁は一分（一パーセント）と定まっていた「打歩《うちぶ》」（プレミアム）であろう。

この取引で交わされた延宝八年（一六八〇）の手形が残っていて、それには「請け取り申す為替銀の事」という項目に「合せて二貫五百二十五匁　但し御札銀なり」と記されている。そして本文ではこの手形の約定内容として「丁銀二貫五百匁、新分銅懸けにて今二十八日切り大阪御蔵屋敷鈴田勘右衛門様へきっと指し上げ申し候。その内は塩積み申しまじく候」（丁銀で二貫五百匁を新しい分銅の秤できちんと計量し、大坂蔵屋敷の鈴田勘右衛門様へ必ず納入いたします。それまでは塩の積み出しはいたしません）と明記されているのである。発行人は大坂金屋手代利兵衛・新浜阿波屋・新浜庄屋清兵衛の連名だ。

つまり塩会所は塩の買い手の利兵衛に銀二貫五百二十五匁を銀札で前貸しする。その額面の為替を振り出す。これは塩問屋と庄屋が保証人になっての信用貸しであるが、この段階ではまだいささかも現銀支出がないことに注意。現銀が動くのは塩の代価として丁銀で二貫五百匁が赤穂藩大坂蔵屋敷に支払われてからである。言い替えればこの取引で赤穂藩は確実に二貫五百匁の現銀を手中にすることができるわけだ。

塩会所が利兵衛に前貸しした二貫五百二十五匁の銀札は、いまのところ（現銀二貫五百匁が納入されるまでは）ただの紙切れにすぎない。前貸しした時点と入金の時点とのあいだの融資期間につきものの不安定感や疑惑は、この場合、塩問屋・庄屋の信用保証によって除外されている。一パーセントの「打歩」（他藩の者には二パーセント）は保証を堅固にするための経費といえる。また、銀札と現銀との差額がわずか二十五匁という事実は九割九分という最良の両替率だったことを意味していたとも見られる。

さらに銀札は塩の売買だけでなく、浜方借入銀にも活用された。先に赤穂藩取り潰しに際して発覚した塩浜庄屋の不正に触れたが、塩浜の塩田経営者たちはしばしば藩から当面の融通資金の貸付を得ていたのである。これには当然利銀がつく。すなわち利子の徴収によって、貨幣が貨幣を生む（自己増殖する）という驚くべき生態を人びとが新発見しつつあったのだ。

いったん他所《よそ》に預けた貨幣がお仲間を連れて戻ってくる。貨幣のこのように奇特な習性は、昔から人びとに知られていた。いや、貨幣の流通、ことによったら貨幣の出現以前から、人びとは「利子」を知っていた。利子ないしは利息とは、金銭であれ労働であれ、なんらかの形で他人に提供した役務への対価を元支出よりも一定の率で増加させた報酬のことだ。

経済史上、利子は貨幣よりも早く生まれている。古代社会でも中世社会でもそれぞれの支配的な経済制度のもとでそれなりの利子徴収システムが工夫されたが、それが貨幣流通と結びつき、「利金」「利銀」などの言葉が「利息の金銀」の語義で定着するのは、やはり江戸時代からであろう。近世初頭、日本国内で金銀山が開発され、大量の金・銀が産出されてから世にいう「慶長金銀」が鋳造されて、貨幣流通の表舞台に躍り出る。金・銀は明確な金属貨幣の形態を取って、従来のもろもろの物品貨幣と区別される独自の生態系をもちはじめるのだ。

まずは元手！　原資として貨幣を蓄積する。初めから貨幣、あるいは地金をもっていればこれほど強いことはない。たとえば京都・大坂・江戸で繁盛していた両替商。もともと「金屋」「銀屋」と呼ばれた金匠であり、金銀の売買を営んでいたのが、慶長金銀の鋳造を転機にして両替を始めた。両替屋は、やがて問屋商人のために、現実に所有する自己資本の何倍もの商品の取引を可能にする信用機関に発展するのである（宮本又次「京都の両替屋」）。

特産の塩を藩外に販売して貨幣収入を図る赤穂藩は、当初のうち貨幣も地金ももっていなかった。塩を売却して得たカネをしこしこ貯めて元手を作るほかなかったのである。しかし零細な元手では大がかりな商売などできないのが現実だ。自己資本の不足をカバーするのが「信用」、経済用語でいう商業信用である。取引と決済との時間的乖離《かいり》（商品引渡しと支払いのあいだの時差）を利用して、いま手元にない現金をあるも同然にするしかけだ。

赤穂藩でも商品塩を取り引きする塩問屋がしばしば自己資本の規模を超えた額の塩を仕入れて営業することもあったろう。そんな場合、藩は札座が発行する銀札――現実に所有する銀よりも多い金額を印字した紙切れ――を活用して、不足を補った。つまり藩が現在保有している銀と架空の銀（銀札）、いうなれば現銀プラスアルファがこの場合の原資なのである。

札座は銀札を発行する。無制限には出せないから、発行高を加減する。つまりは、札座役人の誰か何人かが銀札発行を管理する権限をもっていたということだ。その誰かは藩の現有現銀量と睨みあわせながら、どれだけ札を出したらよいかを調節する。その操作がきちんとなされていたので、赤穂藩は藩のドル箱だった塩産業を、つねに自己資本の規模を上回る想定上の原資を前提しつつ、塩奉行が新設された延宝八年（一六八〇）から浅野家取り潰しの元禄十四年（一七〇一）までのざっと二十年間、安定した運営を続けることができた。

権限を行使することと権力を揮うこととは紙一重である。権力とはつまるところ強制力だ。赤穂藩で権力の頂点に位置するのはいうまでもなく藩主、問題の時期には三代にわたる浅野家の当主である。だが、藩主はどの程度権力者なのだろうか。もちろん封建国家のタテマエでは藩主が最高の権力者だ。しかしだからといって、最強の、あるいは最大の権力者といえるだろうか。なるほど忠義奉公と所領安堵を基軸とする君臣関係では、主君は臣下に生殺与奪の権をもって臨むだろう。が、塩田経営とか藩外販売とか封建道徳と異なる経済原理が支配する分野はまったく別領域だ。主君にも安易に口出しできず、問題の解決は担当者に一任せざるをえなかったのではないか。

五

「父上。重ねて申しますが、そりゃお考えちがい。六分で銀を返すとは、サリトハお気の弱い！　身共《みども》の見るところでは五分で充分埒《らち》が明きまするぞ」

「バカを申せ。そんな高で連中が納得するわけはない」

「返したいが、それだけの現物がないと申せば済むことでござろう」

「商人《あきんど》たちに抜け目があるものか。札座が何貫用意したかくらいは、とうに調べをつけておるわ」

「しかし、いかように塩梅《あんばい》するかまでは摑んではおらぬでござろう。それがこちらの強みじゃ。五分でしか返せぬと頑張れば連中も諦めるであろうて」

「サア、大切なのはその辺の読みじゃ。商人にもいろいろあって、大坂はもとより押しが強いが、それより手ごわいのは家島や隣藩の連中じゃ。札が銀にできぬと明日の商売に差し支えるものだから、押っ取り刀の勢いで詰め寄って来よる」

「サ、そこが踏ん張りどころ。その鍔ぜりあいさえ乗りきれば、後はグンと楽になりまするぞ。向こうも切羽詰まっていることこそ、こちらの付け目。どちらが先にネを上げるかの我慢競べでござるよ」

「そう気軽にはゆくまいて」

こう苦々しげに話を締めくくったのは大野九郎兵衛である。たしなめられたのは息子の群右衛門だ。周囲には札座の若手役人たちがぐるりと集まって、父子のやりとりを黙って聞いていた。どちらの主張が正しいかは判断するのがむずかしい。だが悠長に議論している場合ではない。浅野家改易の情報は驚くべき速さで藩外に広まり、赤穂の城下町にはたちまち容赦ない取りつけの一行が押し寄せてきている。早急に結論を出さなければならない事態だった。

元禄十四年の三月十九日の夕刻である。

内匠頭が江戸城で切腹してわずか五日後だ。主家改易の事態収拾のため、地元赤穂の藩首脳部は連日連夜眠る暇もなく奔走していた。しなければならぬことは無数にあったが、なかでも急務は銀札の償還だった。この非常時に全額返済はとてもできない相談だ。どうしても債権者に割り引いてもらうしかない。相手も場合が場合だからそうアコギなことはいうまいが、問題はどのくらいの割合で双方が合意するかだった。

四日後の三月二十三日には幕府の使者が到着することになっていた。それまでに赤穂を平穏《へいおん》静謐《せいひつ》の状態に戻しておかなければならない。だから大石内蔵助ら藩首脳部は二十日に償還を開始すると方針を決めていた。またそのことは、赤穂に押しかけてきている債権者たちにも通告してあった。万一この「公約」に反して償還手続きが遅れたりしたら、どんな騒ぎになるか知れたものではない。そんな事情だったから、藩首脳部には、明二十日にどうしても銀札償還を始めることが至上命令だったのである。

内蔵助は大まかだ。札会所の負担が多少増えても金払いが綺麗だという評判を得ることのほうが大切だと考える。それにたいして九郎兵衛はもっと実務的に、どうすれば債権者の不満を抑え、また札会所の損失を最低限にとどめられるかを本気で心配していた。九郎兵衛にとっては札座・札会所は手塩にかけて育て上げたいわば子飼いの組織だ。愛情もひとしおだったろう。なんとか傷が軽いままに事を処理してやりたいという気持ちがはたらいたのも当然である。

そのうえ九郎兵衛の頭には、そもそも赤穂が江戸の変事を知った三月十九日、早々と浅野大学が江戸から別便で送ってきた、内蔵助・九郎兵衛を連名で名宛人にした急報の文面がこびりついている。「札座のことをよろしく頼む」という伝言である。このメッセージはもちろん内蔵助にも伝わっているはずだが、二人の受け取りかたには明らかなちがいがあった。

浅野大学はすでに内匠頭切腹の翌十五日、兄に連座して閉門に処されていたが、その知らせが赤穂に届いたのは三月二十一日のことだから、本物語のこの時点（十九日）では誰もまだその事実を知らない。赤穂藩存続の可能性は一にかかって大学が浅野家を相続し、次の藩主になることにあったから、大学の意向は尊重された。内蔵助は大学を復権させ、藩を再興するには幕府との衝突を回避するのが条件であり、そのためには城を無事に明け渡すことが重要だと考えていた。

一方の九郎兵衛は、大学復権の可能性などあまり信じていない。誰が次の藩主になるかは九郎兵衛の関心の外にあった。この経済官僚には、ただ軌道に乗ったばかりか今後大きく成長する可能性に富んだ赤穂の塩業を管理し運営する権威が確保されればそれでよかったのだ。塩奉行所と塩会所、札奉行と札会所——塩とそれを運用する資金とを管理するこれらの機構は、藩機関と塩問屋、公と民のイニシアチブがあいまいに癒着している過渡的な混合物だったといえる。その過渡的な形態が制度として恒常化したのが、やがていくつかの諸藩が向かう重商主義路線の先駆けになっていくのである。

九郎兵衛は、銀札を活用した交易システムを、いまだ天下国家の規模にまでは発展させられなかったが、自分が赤穂藩で手がけた機構はまちがいなく将来につながっているというたしかな感触があった。しかしシステムが効果的に作動するには、赤穂藩の場合、塩奉行・札奉行のような「公」の権威がなくてはならなかった。九郎兵衛にとって赤穂藩と塩の交易とは一心同体だった。平たくいえば赤穂藩がなくなってしまったら困るわけである。

息子の群右衛門はその点もっと囚われない考えをもっていた。父九郎兵衛とちがって重職には就いていなかったので、藩内の序列やしきたりや部局間の持場の配分（俗にいう縄張り）などの決まりごとからは距離を保っていられた。よくいえば客観的な位置にいられたし、あけすけにいうなら、無責任にふるまうことができた。要するに、藩社会はどうでもよく、塩会所・札会所がさらに実力を蓄え、藩の公権力から分離した自前の「経済権力」センターのようなものに成長してゆく姿を思い描いていたのだ。

この構想からすれば目前の赤穂藩存続の危機さえも、経済センター自立のためにはまたとない機会と見えたかもしれない。だから群右衛門の目からは、銀札の六分返しといった姑息《こそく》な方法で局面を打開しようとする父親九郎兵衛の態度がまどろっこしく、歯がゆく感じられてしかたがなかった。

群右衛門の意見では、銀札処分はもっと低い割引率でいい、いけるばかりでなく、そうやって浮かせた現銀を札会所に取り置くことは、赤穂の塩業が今後大きく伸びるためにも必要だというのである。最近の言いかたでいえば、社内留保分にまわそうというに近い。

「だからお父上、それではあまりにお気が小さいと申し上げておりまする。いくら商人どもの押しが強いからとて、言いなりになられるとはソリャ腰抜け……」

「黙れ、倅。無礼であろうぞ」

「ご免くだされ。チト言葉が過ぎました。さりとてここは大事な場面、しっかり性根を据えてかからねばなりませぬ。よろしいかお父上、いま引き下がったら、降って湧いたようにやってきたせっかくの好機を、いながらにして見逃すようなもの」

「これはしたり！　浅野のお家始まって以来の危難なるに、好機などとはなんたる言い草。わが子の言葉とは思えぬわ」

「イイヤ、たとえお父上のお気に障ろうとも、はっきり申しあげねばなりませぬ。お家が崖っぷちに立っているのは知れたこと、やがてお取り潰しになるは必定《ひつじょう》と存じまする。よしんば浅野家は断絶しようとも、赤穂の地は残ります。赤穂の塩も残りまする。赤穂といえば塩。塩作りの営みを大きく育てるにはどうしても元手が要り申す。その元手を手に入れるには、いまがまたとない潮合いなのでござる！」

「そうかもしれぬ。が、その元手を集めるにもお家の立てなおしが大切じゃ。以前の浅野家と毫も変わらぬことを示すには、きっちり銀札を整理して信用を回復せねばならぬ。さすれば御公儀が赤穂藩を見る目も変わり、大学さまのご復権も早まるじゃろう」

「お父上、そのお考えは甘い、甘い」

「じゃと申して、ほかに進む道はあるまい」

「塩でござるよ。塩が赤穂藩に道を開きまする」

「赤穂藩あっての塩であろう」

「ウンニャ、塩あっての赤穂藩でござるよ」

「そりゃまるで商人の口ぶりじゃ」

「そうではござらぬ。拙者も赤穂藩家老大野九郎兵衛の一子、立派な武士でござる。されど、いまの時代を生きる武士は昔の武士とはちがう。赤穂藩に仕官する武士も、昔のままの藩士であってはならない、と存ずる。いままでのようにただ俸禄を食い潰すだけでは駄目じゃ。民に率先して藩に利得をもたらすのでなくてはかなわぬ」

「まあよい、まあよい。そちの申すこともわからぬではないが、藩の重臣の面々がそう考えるとは思えぬ」

　一座の役人たちは、親子の言い争いの勢いに呑まれて、ただ啞然として聞いているばかりだった。

六

　その日の夜遅く開かれた家老・組頭連の評議は、さんざん揉めたあげく、けっきょく内蔵助と九郎兵衛の提案どおり「六分両替」の案でまとまった。藩もかけ取り商人たちも納得できるギリギリの線だった。できるだけ波風を立てず、赤穂藩は無事に事態を収拾したという印象を外部に、とくに御公儀に与えるためにはこれが最上の結論だろうという判断だった。

　事実、銀札処理の仕事はこれでたいした混乱もなく済んだのである。もちろん引き替え現場には、「足軽が大勢で人びとを静まらせ、役人も鉢巻を締め、手槍持参でその場に控える」（『播州赤穂滅亡・討入時代聞書覚』）といったような緊迫した空気が流れることはあったけれども。

　銀札引き替えを始めた翌日の三月二十一日には、御公儀が浅野大学を閉門処分にしたという知らせが江戸から届いた。二十五日、浅野安芸守《あきのかみ》綱長（広島藩主、浅野宗家）・戸《と》田《だ》采女正《うねめのかみ》氏定《うじさだ》（美濃大垣藩主、浅野内匠頭の母方の従弟）が、幕命を含んで使者を赤穂によこし、城地を滞りなく引き渡すように説いてきた。これは親類縁者を使ったやんわりした説諭だったが、二十六日になると正式に「赤穂城公収」が通知された。藩の運命は定まった。

そんな切羽詰まった状況で三月二十七日から三日間、城内で大評議が開かれた。赤穂藩を襲った空前絶後の危機に際会して、内蔵助は藩士一同に総登城をうながし、最終的な態度決定に臨もうとしたのである。意見はまちまちで、なかなかひとつにまとまらなかった。

筆頭家老の大石内蔵助がどうやってこのピンチを切り抜けたかは、忠臣蔵物語のキモであるから、ここであらためてくりかえすには及ぶまい。筆者の興味はむしろ、この侃々諤々の大議論の最中に大野九郎兵衛がどうしていたかのほうに注がれる。

浅野家に伝わる記録『家秘抄《かひしよう》』によれば、九郎兵衛は会議の席上ずっと、「赤穂の城地を安穏に明け渡し、そのうえで御公儀に大学さま復権の意見を申し述べよう。引渡しが遅延すれば御公儀に鬱憤《うつぷん》を含むかたちになる」と主張しつづけ、そのためいつまでも衆議一決を見なかったので、ついに業を煮やした原惣右衛門《はらそうえもん》が「内蔵助どのと同意見でない者は即刻この場から退出されたい」と迫ったものだから、九郎兵衛その他十人ばかりがそそくさと退席したというごとだ。「刀の鯉口をくつろげ、血相を変えて」(『堀内伝右衛門覚書』)罵ったというから、たいへんな勢いだったのである。

それ以来、九郎兵衛とその同調者は藩内でだんだん居心地が悪くなっていった。きわめてリアルな、どちらかといえば常識的な解決策を提案したにもかかわらず、復讐の一念に凝り固まった連中の眼にはただ妥協的で臆病な俗説としか映じないのである。ましてや、堀部安兵衛《ほりべやすべえ》や片岡源五右衛門《かたおかげんごえもん》のように、敵愾心《てきがいしん》に燃えて江戸から赤穂に乗りこんで来ているような急進派の反応はさらに殺伐だった。顔を合わせると、凄い目を向けるのだ。

そして予想どおりのことが起きた。札奉行所で、九郎兵衛と札奉行岡島八十右衛門《おかじまやそえもん》が激しい口論を始めたのである。

最初はちょっとした言葉のゆきちがいだった。岡島八十右衛門常樹《つねき》は原惣右衛門元辰《もととき》の弟にあたり、札奉行として銀札回収の責任者をしていた。のちに四十七士のひとりになるくらいだから廉直《れんちょく》な男だったと思われるが、その八十右衛門に「引負」(使いこみ)の噂が立ち、九郎兵衛の耳にも入ったのである。真相は不明だが、どうも配下の小役人が改易のドサクサにまぎれて金を横領して逃亡したような事件があったらしい。

九郎兵衛は、下役の不祥事は奉行の責任だぐらいのことをいったのかもしれない。一本気な八十右衛門は憤慨して大野邸へおもむき、面会して詰問しようと迫る。恐れをなした九郎兵衛は会おうとせず、さっさと赤穂から逃亡した。ただでさえ家中にはすぐ血迷う若侍が多く、しょっちゅう生命の危険を感じていた矢先だったのである。

息子の群右衛門も相次いで行動をともにした。さんざん力説した「五分両替」案はさしも経世家揃いの札座役人のあいだでも冒険的すぎるというので却下されてしまったが、それでへこたれるような群右衛門ではなかった。以前からつながりの深かった赤穂の塩問屋・大坂の大口商人などに急いで手をまわし、ありもしない債権をでっち上げさせた。あまり少なくはないが、さりとてそれほど目立たない適当額の銀札を発行したことにして、その六割分の現銀を相手に引き渡す。といって架空の請求で札座が損失をこうむるわけではない。相手とは内々で話がついていて実際には問屋や大坂商人がそれだけの現銀の預り先になるに等しいのだ。

預り金は借金とちがって利子がつかない。問屋・商人は手元にある銀を自分たちの裁量で浜方（塩生産者）の回転資金にまわしたり、大量買付けの元手にしたり、自由な使い途に融通することができる。おまけにもっといいことには、かなり危ない橋を渡らせるのだから、見こまれた問屋や商人には高目の手数料が支払われる。内々の取り決めが発覚しないかぎりこれは双方にすこぶる有利な話なのだ。

『江赤見聞記』には、大野九郎兵衛が赤穂を逐電するみぎり、尾崎新浜にある田中清兵衛・田中権右衛門方へ病気の療治に行くと手紙で申し送り、そこから船でどこか他所へ逃げ去ったとある。清兵衛・権右衛門の両田中は新浜の庄屋であろう。

さきに又四郎・長左衛門・庄右衛門なる三人の庄屋が不正発覚で処罰されたことを紹介した（巻二）が、その住居は「尾崎塩浜」にあった。赤穂の海岸地帯である。おそらく同一の場所だろう。庄屋クラスの有力者はその身分と影響力を行使して公金を私益のために転用することができたし、また隠然と手がけてもいた。役所の目をかすめて裏ガネを作るくらいの細工は雑作もなかった。群右衛門が利用できる人脈はいくらでもあった。

しかし、なぜか父九郎兵衛には自分の計画を打ち明けなかった。銀札両替率をめぐって意見が対立し、札座役人を前にして口論めいた場面を演じて以来、この息子は父親をちょっと突き放して冷やかに眺めるようになっていた。わが父親にはいつまでもお古いところ——後世からはきっと封建倫理の尻尾と評されるであろう——が残っていて、それが現在という時代を理解できなくしている、と群右衛門は思う。いま世のなかに起きていることの全貌は自分もまだよく摑めないが、いずれ遠からぬ将来、この社会は忠義だの奉公だのという理念ではなく、利徳に動かされるようになってゆくだろうという確信がはたらいた。独り合点と思われるかもしれないが、やがて世人にもわかるときがあるだろうという思いこみでもあった。

だから赤穂藩がピンチになっていても、群右衛門にはいくらでも自分でやることがあった。仲間を増やし、手蔓をたぐって裏工作を重ね、ひそかに網を拡げる。そうしているあいだにも、上層部では城明け渡しの準備が粛々と進められ、四月十九日、きちんと収城使に引き渡された。大石内蔵助以下も城を離れ、亡君の菩提を弔う一方、なお使えるコネをいろいろたどって大学の復権と浅野家再興のための努力を開始していた。旧赤穂藩領域には政治支配者のいない短期間の空白状態が出現していた。浅野家家臣三百八人は、つとに四月十三日、銀札換金の後に残った藩金一万六千四百両を配分されて離散していった。

七

大野九郎兵衛の名前は、四月十二日以後公式記録の表面からは消え失せる。群右衛門も同様である。どうやら人びとの死角に入りこんで暗躍していたらしい。忠義を叫ぶ徒党に敵視され、身体の危険に怯えて、ほうほうの体《てい》で赤穂から逃げ出して以来、九郎兵衛は公の社会ではまともに相手にされなかった。たとえば『江赤見聞記』には、九郎兵衛が初代三次藩主浅野長《なが》治《はる》の用人にあてた手紙が残っている。要点はこうだ。

原惣右衛門と申す者が、当城引渡しの儀につき一分を立てたいとか申して徒党を企てており、その件で御地へ罷り出るそうでございます。この者は是非をわきまえぬ非道の者ですので、その点をお含みくださいますように願います（巻二）。

並べられているのは露骨な中傷の語句だし、ありていにいって密告文に等しい。前述のように、九郎兵衛はいちど惣右衛門に人前で面罵されているから、その意趣晴らしも多少混じっていたかもしれない。ともかく烈しい人身攻撃も辞していないのだ。

のみならず、文面には辛辣な九郎兵衛非難の言葉が見える。「大野九郎兵衛はしごく不届きなる者」「人外の者で、藩を駆け落ち（逃亡）するような不届者」（巻二）と容赦がない。両人反目のようすがよくわかる。そしてそれ以後、大石内蔵助を中心に復讐計画が本格化するにつれて話題の圏外に押し出され、間もなく姿を消してしまうのである。

事実、『江赤見聞記』の右に続く記述には、四月十二日に田中権右衛門が赤穂を引き払ったとある。この人名は九郎兵衛が赤穂を退散するとき、頼ってゆくことにしていた尾崎村のおそらく庄屋である。この辺は札会所の影響力が強い塩田地域であり、本人も避難先にするつもりだったろうが、この人物が早々に退散してしまったのだから、九郎兵衛も赤穂近辺にいづらくなり、伊藤梅宇も記しているように（前出『見聞談叢』）、やがて京都方面に活路を見出していったと思われる。

群右衛門は落ち目の父親をかえって足手まといと感じたのか、赤穂逐電後はあまり相談ももちかけず、父九郎兵衛も知らない独自の人脈ルートを掘り起こしているようだった。人脈といってもまだ派閥といえるほどのものではない。さしあたりは、藩政を進めるにあたって経済政策に特別な一家言ある人材のグループにすぎない。群右衛門の周辺に寄り集まる面々のあいだには、漠然とではあるが、およそ次のような共通の了解事項ができあがっていた。

肝腎なのは国産品の領外移出、つまり藩外販売である。赤穂藩領で他藩では真似のできない品物を生産し、それを藩外で売り捌いて金銀を取り集める算段を立てるべきだ。その品物といえば塩だ。国策、いや藩策として商品塩を広く売り出すには、京大坂はもとより、江戸をも視野に入れて販路を拡大しなければならない。

群右衛門らも主君をないがしろにするつもりはない。しかし、一昔前の時代のように「君富まば民富む」といったモットーは信じない。領地を拡張し、地つきの百姓の数を増やす、つまりできるだけ多くの農地農民を確保して他大名領と競ったやりかたは今日には通用しない。これからは前代とは違ったしかたで国富ならぬ「藩富」を獲得しようとするのである。

野心はタップリだったが、いざそれを実行に移すとなると、さあどこから手をつけたらよいものやら思案にあまった。なにをするにも先立つものはカネだ。とりあえずモトデを作らにゃならない。銀札変換のドサクサで捻り出した裏ガネは事業を興せるほどの金額ではなかったし、それに第一素性が多少後ろ暗いときている。堂々と表立っては使いにくいのだ。

苦しまぎれに群右衛門が案じ出したのは、

「なるほど、奇妙！」

と人びとを唸らせるほどの鬼手だった。亡君の仇討ちを名目にして資金を集めようじゃないかというのである。

「これなら誰も反対できないだろう」

と群右衛門は鼻をうごめかしながら言った。

仇討ちだってカネがなくてはできることじゃない。内蔵助どのだって金策にはずいぶん苦労しているにちがいない。と、群右衛門は力をこめていった。城を綺麗に明け渡して、城に付属する建物や物品も整理し、しかもそれから赤穂藩に残った資産を、仕途を失った藩士一同に分配したあとで、どうやってカネを捻出する気でいるかはよくわからないが、かりにも一国の筆頭家老を務めたほどのお人なのだから、それなりの金蔓があるのだろう。ひょっとしたら塩浜のほうにも心あたりがあるのかもしれないぞ。

群右衛門のカンはたしかに外れていなかった。どこの誰と金主の名までは特定できないが、仇討ちの資金のなかには、かなりの金額だが、出資元はなぜか明らかにされていず、氏名不定で記載されている項目が二ヵ所見つかる。

忠臣蔵関係史料のなかに『預《あずかり》置《おき》候《そうろう》金《きん》銀《ぎん》請《うけ》払《ばらい》帳《ちょう》』なる冊子がある。これを「一級史料」として縦横に解読した研究書（山本博文『「忠臣蔵」の決算書』）があるが、同書に全文が採録されている右の冊子の冒頭「金銀請《うけ》取《とり》元《もと》」の欄にこんな記載があるのに気づく。

一、金四百三十一両三分二朱　赤穂にて
　　銀四十一匁七分　巳《み》六月四日請取
一、金二百二十両　赤穂にて
　　巳六月三日手形にて請取（傍点引用者）

日付に「巳」とあるのは、元禄十四年（一七〇一）辛巳《かのとみ》の略。この「金銀請取元」の欄は、決算書におけるいわば「収入の部」にあたる部分であるが、それにしても奇怪な表記であるといえる。記載には二項ともに「赤穂にて」とあるが、これは金銀の受渡しがなされた場所は赤穂だったということしか書いていない。赤穂の誰から入金があったという記載はないのである。

大石内蔵助が金主の名前を知らぬわけはないから、これにはなにか実名を伏せねばならない事情が介在していたと見るべきだろう。そもそも仇討ちの動機自体が純度百パーセントで忠義一色であったかはなお検討の余地があり、内蔵助はただ亡君の怨みを晴らすことはもちろんだが、その一方で、仇討ちの成功が赤穂武士道の声名を高め、ゆくゆくは藩再興の布石になると考えていたふしもなくはない。つまり内蔵助は心中ひそかに一石二鳥を狙っており、その底意を仇討ち計画への資金提供者に打ち明けていたかもしれないのだ。

そうとでも考えなければ、「金銀請取元」の「収入の部」に記載された全金額「金六百九十両二朱、銀四十六匁九分五厘」（合計を金に換算すると約六百九十一両）のうち、「赤穂にて」とある以外には出所不明の二口の合計六百五十一両が、全収入の九四・二パーセントにも達していることの説明がつかない。

四十七士の周囲には仇討ちには大賛成だが、実行計画に加わるまでは踏みきれない、参加したいのは山々だが諸般の事情で諦めざるをえないなどいろいろ煩悶している連中が大勢いたと思われる。なかには若干の献金をすることで「良心」の重荷を軽くしようという手合いもいたはずである。吉良邸討入りのみごとな成功の蔭には、いまだに歴史の水面下に隠れている無数の人びとの支援と協力があったにちがいないが、そのなかに匿名の金銭供給者がいたとしても別に不思議ではない。

そんな状況だったから、群右衛門の「亡君の仇討ちを名目にして資金を集めようじゃないか」というせっかくのアイデアも、最初からかなり苦戦を強いられた。はからずも内蔵助と競合してしまったのである。なるほど群右衛門は経理の能力では一目置かれていたが、部屋住みの身分で、わずか二十石の小禄とあってはなんといっても社会的信用が薄かった。この場合、家老大野九郎兵衛の息子であることはなんの助けにもならなかった。父の「悪名」は急激に高まっていて血のつながりがかえってマイナス効果になったのだ。

群右衛門の企画は、さしずめ「仇討ち基金」の開設というべきプランであった。呼びかけの文案までちゃんと用意されていた。大意は現代文にして以下の如し。

吉良上野介どのへの報復を決然かつ整然と遂行することは、本藩の道義的決断力・人的能力・組織力の高さを天下に知らしめ、播州に赤穂あることを江湖《こうこ》に示すであろう。わが藩は近い将来必ずや豊かな物産をもって国力を誇り、大きすぎも小さすぎもしない中堅の藩として再興する。そのとき、わが藩の生命を制するのは一にかかって国産の塩である。本基金は、ゆくゆくは藩が赤穂塩の生産・流通・販売を管理下に置き、獲得する利益を公と民で折半する制度を施行することを見こみ、産品の集約系統整備・品質向上・販路調査などに予想される諸経費の準備金を募るものである。なお、本基金への出資者には、出資額に応じ、将来生ずる利益金を優先的に配分するものとする。

ここで構想されているのは、一口にいうと「国産塩専売制」のシステムである。手っ取り早くいえば、藩自体が問屋化することだ。領内で生産される塩はすべて国産物として扱われ、買いつけ・収蔵・品質吟味・売りさばきなどの全過程を藩の独占管理下に置く。なかんずく、代金の回収は藩の機構（国産会所など）を通しておこなわれ、必ず正貨が藩の手に落ちるように仕向ける。

しかし群右衛門の周囲ではその構想は理解されるにいたっていなかったらしい。群右衛門自身どれだけ本気で浅野家再興を見こんでいたかも疑わしい。というのもこの息子は父九郎兵衛とちがって浅野家の赤穂藩にそれほど執着していなかった（大石内蔵助と対立したのは、城を明け渡すことが浅野大学復権の条件にはならないと主張した点でだけである）。群右衛門に関心があったのは、赤穂藩という組織機構であり、藩主が浅野家から出ていなくても別にかまわなかったのだ。

皮肉なことには、群右衛門が思い描いていたようなコースがたどられ、「国産塩専売制」に近いシステムが実現するのは、浅野家改易後しばらく経って、森家赤穂藩の時代になってからだった。それはまだ一世紀も先の話だ。群右衛門の構想は、まだ、ゆくゆく赤穂の塩業が予想どおり発展したら専売制のかたちを取るのが理想的だというくらいの話であって、元禄十四年当時には、さしあたり自前の資金を集めて蓄積するのが先決問題だった。自己資金がいかに大切かはその後の森家赤穂藩のようすを見れば知れる。森家赤穂藩の殖産興業政策は藩財政だけでは賄えず、塩業の実権は株仲間商人、さらにはその金主である高利貸資本の手に握られ、藩はそれに寄生して藩の金蔵に利徳の一部を吸収するしかなかった。

では、「仇討ち基金」開設計画のほうはその後どうなったのか？

群右衛門のグループは、赤穂城下はもとより、九郎兵衛退転後はさすがに尾崎塩浜でも世間が狭く、藩境近い坂越に小さな隠れ家——後世流にいえばアジト——を作って活動していたが、頭目の意気ごみに反して資金はまったく集まらなかった。塩浜商人はまだ海のものとも山のものとも皆目見当のつかぬプランに自分たちの将来を賭けることには二の足を踏んだ。リアリストが揃っていたから、冒険に失敗して元も子も失うより、誰が新領主になるかは知らないがいずれ再生する赤穂藩の公的権威に連なる筋に期待をかけて、いまはガッチリ貯めこむほうをよしとしたのだ。

本気で亡君の怨みを晴らそうと思い詰めた人びとはもちろん、旧家臣団の面々は大石内蔵助に一目置く気持ちが強かった。極秘裡になにかが企まれているらしいという噂があちこちでひそひそ囁かれていた。内蔵助どのを差し置いてあまり勝手なことはするまいという遠慮がはたらいていなくもないようだった。要するに、誰も喜んでカネを出そうとしなかった。

「この藩には具眼の士はおらぬのか？　イヤハヤ目の前で起きていることがまるで見えぬとは歯がゆいではないか！」

群右衛門はしきりに慨嘆する。傍らのお取り巻連は、なにが見えぬのかよくわからぬながら相槌を打つ。この切れ者の頭にはそれなりの図面があるみたいだが、周囲の人間にはそれがよく見えてこないのだ。

不如意の日々が続いた。人びとの焦慮は深まるばかりだった。

それでも六月いっぱいぐらいまでは、仲間たちは連日隠れ家に顔を出していたが、だんだん一人減り二人減りしてそのうちに誰も姿を見せなくなった。

「まあそんなものさ」

群右衛門は口惜しさを押し隠して憮然《ぶぜん》として言った。……けっきょくそんなわけで「仇討ち基金」計画は拠金がさっぱり集まらず、絵に描いた餅に終わった。せっかく九郎兵衛が育て上げた算法グループも、藩指導の札会所がなくなったので雲散霧消してしまった。赤穂の塩業は、浅野家改易にともなう収公の後、塩浜の代官が政務を引き継いだが盛時にはおよばず、算法グループに蓄積された実務スキルも生かされなかった。一同はやる仕事もなくなり、髀肉《ひにく》の嘆《たん》を託《かこ》つばかりでいるうちに、群右衛門自身がどこかに飄然《ひょうぜん》と去ってしまった。

八

そうこうしているあいだに年が変わり、元禄十五年（一七〇二）もいつしか暮れて十二月十五日、江戸の吉良邸を夜襲した仇討ちは完璧に成功し、世間の大評判になった。大石内蔵助をはじめとする四十七士の声名は天下に広がり、民衆からもてはやされ、江湖の話題になったが、赤穂藩そのものはその後これといった特徴のない中規模な藩国家として生き残ったにすぎなかった。浅野家時代に藩社会を活気づけていた経済面での先進性はすっかり影を潜めていた。さしも有能を誇った算法グループも寄るべを失ってばらばらになり、みな凡庸化してただの俗吏に戻ってしまった。

赤穂からいなくなった大野群右衛門の消息は杳《よう》として不明であり、その後の暮らしぶりについてはいくつも言い伝えが残っている。本篇の初めに紹介した『見聞談叢』の諸説もそのひとつだ。が、その他にもっとおもしろい伝説がある。経綸書《けいりんしょ》『日暮硯《ひぐらしすずり》』は、徳川九代将軍家重《いえしげ》の時代に活躍した信州松代《まつしろ》藩の家老恩田木工《おんだもく》が同藩の財政危機を切り抜けた事跡の説話として有名だが、その松代藩経済の困窮と混乱——いわゆる「真田《さなだ》騒動」——を解決するため、恩田木工よりも前に藩から招聘《しょうへい》された経世家に、田村半右衛門という人物がいる。そして「真田騒動」をめぐる実録では、この七十がらみの老人が大野群右衛門の後身とされているのである。

海音寺潮五郎《かいおんじちょうごろう》の歴史短編『田村騒動』に登場する半右衛門（ただし作者自身は、九郎兵衛の息子という説を疑い、孫としなければ年があわないと言っている）は、「収入をふやすことは殖産興業以外にはござらん」と力説し、自分はいくつもの旗本家・大名家の整理を引き受け、「大体成功し」てきたと豪語する。そして松代藩真田家の財政整理はうまくゆくが、半右衛門はやり口があまりに苛酷だといわれて失脚し、藩を追われるのである。同藩の幕末家老鎌原桐山《かんばらとうざん》の『朝陽館漫筆《ちょうようかんまんぴつ》』にもとづくフィクションである。

この大野群右衛門後身説はたんに荒唐無稽な巷説だろうか。筆者《わたし》は、この説には意外に信憑性があると確信する。田村の登用は寛延《かんえん》四年（一七五一）のこととされているが、七十歳ぐらいと推定される年格好は、赤穂事件のとき部屋住みだった群右衛門の年齢と符合しないことはないし、それ以上に社会状況の一致がある。真田騒動が起きた享保・元文・寛保・延享・寛延の期間は、元禄の貨幣改鋳による通貨膨張がもたらしたバブル的な活況を引き締める消費抑制と通貨収縮の不況期にあたり、どの藩も似たり寄ったりの財務調整に手を焼いていた。財政危機に苦しんでいたのは松代藩だけではなかったのだ。

この時期には、窮乏に陥った諸藩の財政改革を請け合う経世家が方々に出現したという（笠《か》谷《さ》和《や》比《かず》古《ひと》『「日暮硯」と改革の時代』）。笠谷氏はこのタイプの経世家を「財政再建屋」と呼び、海音寺潮五郎は「やりくり用人」と名づけている。田村半右衛門もそのひとりだった。忠臣蔵文学の正伝にも外伝にもいっさい登場する機会がなかった大野群右衛門が赤穂事件とはおよそ半世紀を距て、播州赤穂の地から遠く離れた信州松代に「財政再建屋」として忽然とあらわれたのだ。田村半右衛門の側にもその噂を否定した形跡はない。

もしほんとうに半右衛門が群右衛門だとしたら、行方不明の五十年間、この人物はずっと慢性的財政窮乏という幕藩社会のアポリアに取り組みつづけ、自分の赤穂時代の経験を生かそうとした。また、もし偽物だったとしても、この男は現在の難問に取り組むにあたって赤穂の体験が生きると知っていたことになる。いずれにせよ半右衛門を群右衛門と結びつけ、群右衛門をこういうかたちで生き延びさせた江戸人は、人間が織りなす歴史模様の裏側には、その模様の図柄を織りなさせる「貨幣」の力が強く働いていることを直感していたのだ。

徂徠豆腐考

天下の大儒荻生徂徠《おぎゅうそらい》は生前からたいへんな有名人だったから、その身辺はさまざまな評判、逸話、ゴシップのたぐいに事欠かない。生まれながらにして伝説の雲にくるまれていたような人物なのである。その徂徠先生にもちょうど三十歳になるくらいまで、無名で貧乏な下積み時代があった。

その時分徂徠は芝《しば》の増上寺《ぞうじょうじ》の近くに住んでいて、舌耕《ぜっこう》（講義など弁舌で生活する）で生計を立てていたが、貧乏暮らしもハンパでなく、食うに困って近所の豆腐屋からオカラをもらって飢えをしのいでいたそうである。

この話がけっして根も葉もない浮説でなく、長らく徂徠一門の語り草になっていた事実は、湯浅常山《ゆあさじょうざん》の随筆『文会雑記《ぶんかいざつき》』の記載によって裏づけられる。常山は徂徠の高弟服部南郭《はっとりなんかく》の門下で学んだ岡山藩の藩儒で、徂徠の孫弟子に当たる世代だが、この豆腐屋の話は南郭からよく聞かされていたらしい。以下はその全文である。

徂徠は芝で舌耕をしておられた時分、極貧で豆腐屋に借家をしていたので豆腐の滓《かす》ばかり食べておられたそうだ。豆腐屋の主人がたいそう世話を焼いたものだから、のちに徂徠が俸禄を得る身分になってから、ずっと二人扶持《ににんぶち》（一人扶持は年に米五俵）を与えられたということだ。

今日われわれが落語および講談・浪曲のかたちで知っている「徂徠豆腐」という演目の原形はこの『文会雑記』中の一挿話に発しているといってよい。徂徠の没後もこの話柄《わへい》は一種の美談として江戸時代を通じて語り継がれていたらしく、明治時代になっても生き延びたどころかかえって大衆化して民間に広まった。流布の系統には二通りがある。ひとつは偉人伝タイプのもの、もうひとつはこれを「忠臣蔵外伝《ちゅうしんぐらがいでん》」に仕立てたもの。落語でお馴染みのストーリーは、明らかに後者の部類に属している。

ところがこの物語にはひとつ隠れた真相がある。当の徂徠が生涯人に語らなかった秘中の秘であるが、このたび筆者《わたし》は幸運にもこれまで専門の徂徠研究家たちにも知られていなかった事柄を仄聞する機会を得たので、さっそくここに公開することにしたい。

一

徂徠先生は日々自分の健康が蝕まれているのを感じていた。身体がだるい。時々熱が出る。しつこい咳が止まらない。これまでの長い歳月のあいだ、書几《しょき》に向かって坐り、書物に目を凝らすのには馴れていたはずだが、このところなんだか気力が続かなくなった。いつもらしくないことなので、日頃の豁達《かったつ》な性格もわれならず影を潜めがちだった。

身体の調子が悪いことなら、誰にでもたまにはある。しかしこんどばかりはだいぶようすが違っていた。なにかの終焉《しゅうえん》が近づいていていた。

享保十二年（一七二七）のことである。徂徠は六十二歳になっていた。この年の四月一日、徂徠は八代将軍吉宗《よしむね》に謁見を許されている。世間の常識ではたいへんな名誉である。事実、周囲の人びとには無上の光栄と受け取られ、拝謁後、徂徠邸にはお祝いを言いに訪問する賀客が続々と詰めかけた。徂徠先生はなるほど嬉しいには嬉しかったろうが、反面またどこかシラケ気分でこの騒ぎから一歩身を引いていたようである。

徂徠が徳川将軍に会うのはけっしてこれが初めてではない。もっと若い時分、まだ三十歳そこそこの新進学者だった徂徠は、最初に仕えた柳沢吉保（側用人・老中格）の邸で五代将軍綱吉に謁している。その後宝永六年（一七〇九）、四十四歳の年、綱吉の死去・吉保の隠居を機に柳沢邸を出て私塾蘐園塾《けんえんじゅく》を開いて、それからずっといわば野に下った時代を過ごす。六代から七代将軍（家宣・家継）の治世にはむしろ政権の中枢から疎外されていた徂徠は、紀州藩から江戸城に入り、享保の改革政治に着手し始めた吉宗の時代に逢着《ほうちゃく》したことで政界に再接近する機会がめぐってきたのであった。

しかし、この吉宗との謁見は、徂徠に政治社会への復帰の転機をもたらすような性質のものではなかった。吉宗は政治改革の助けにするために何人もの学者を登用したが、必ずしも徂徠ばかりに声をかけたのではない。朱子学派の室鳩巣《むろきゅうそう》などもブレーンとして享保の改革を補佐したひとりである。およそ政策に役立つなら、学派の分け隔てなく活用しようというのが吉宗の方針だったらしい。

徂徠は致仕《ちし》(引退)したとはいえ柳沢家に仕官していたから、いわゆる「陪臣《ばいしん》(家来の家来)」の身分である。このような身分の者にたいして将軍が謁見を許すのは、まったく異例な待遇であった。これが実現した背景には、徂徠がかねて提出した政策論書『政談』の功をねぎらうための吉宗の配慮だった。

慶事には違いなかったが、反面また多少ありがた迷惑でもあった。だいいち将軍の前に出る緊張がひどく身体にこたえた。「毎日呻吟《しんぎん》しているところへ、いきなりお召しを賜った。殿中で将軍に謁見した後からは、祝い客が連日詰めかけて休む暇がない。祝いの手紙が殺到して目がまわるという日々が一ヵ月も続いた。謁見したとき、将軍はつい目の前においでなのに、こちらは陪臣の身、生まれついた田舎育ちの品性はいかんともしがたく、思うように言葉が出ず、コチコチになってしまった。あとで反省すると、なんともあきたらない思いだ」(「安澹泊に復す書」第六)というようなありさまだったのだ。英主と碩学《せきがく》とのせっかくの出会いもこんな具合にただ索然《さくぜん》と(興ざめに)終わるしかなかったのである。

病魔は着々と徂徠の身体を蝕んでいた。人びとに出す手紙の文面にも心なしか不吉な予感が漂う。この年の夏(日附不詳)に出された一書はいう。

不佞《ふねい》(徂徠の自称)は、四月一日に殿中に召見されました。不吉な予言をするつもりはありません。しかし、不佞はいまさら青雲の志(立身出世の望み)を立てようとは欲しません。遠からず、貴僧を白雲の郷でお待ちしようと思っております。（「玄海上人に復する書」）

「白雲の郷」とはもと『荘子』にある言葉で「天帝のいる理想郷」（天地篇）の意味。静かな場所であなたのご到来をお待ちしますという語句にはどこか諦観の響きがある。

さらに年が暮れて冬になり、十二月二十五日と日附が明記されている書信では、徂徠は自分の病状をこう伝えている。

不佞は昨年の秋から病気に罹り、だらだらと長引いて今日にいたっております。まだ全快していません。ただ、このところ薬がすこぶるよく効いている兆候があります。食欲も平時なみにあり、精神は爽快です。ご心配はございません。（「谷大雅に復する書」）

これを見ると、享保十二年（一七二七）の冬、徂徠にはちょっとした小康状態が訪れていたようである。そんな情報――徂徠先生は体調がよいそうだという噂――が江戸城にも聞こえたのだろうか、『徳川実紀』巻十一には、吉宗が徂徠を「その後、御家人《ごけにん》（ここでは「直参《じきさん》」の意味）にも召し加えよう」という盛意（厚意）があったと記録している。また、「翌年（享保十三年）正月、徳廟《とくびょう》（吉宗）は御直々になにかご尋問（諮問）されると仰せ出された」（『蘐園雑話《けんえんざつわ》』）という話もある。

しかし、吉宗と徂徠との再度の会見はついに実現しなかった。『蘐園雑話』には続けて「その正月はずっと病気で、十九日に下世《かせい》（死去）されたので、浜御殿のことも沙汰やみになった」とある。徂徠は年が改まって早々、一月十九日に世を去ったのだ。

徂徠の疾患は水腫《すいしゅ》であった。『文会雑記』には「徂徠は、浮腫《ふしゅ》を煩って死去した」という記述がある。現代の医学だったら、ネフローゼとでも診断するところだろう。

生前から論敵が多く、褒貶《ほうへん》もただならなかった徂徠のことである。死後どころか、死病の床に就いていた期間からすでにさまざまな噂が広められた。これから書くのは、享保十二年いっぱいと翌十三年のわずか十九日間のいわば「徂徠生涯の末一年」にこの人物の念頭をよぎったにちがいない数々の心配ごとについてである。

徂徠先生は、多年にわたって自分の身体に棲みついていたカリスマが、まもなく自分から飛び離れようとしているのを敏感に察していた。カリスマとは、天から授けられた超人間的な資質のことであるが、江戸時代の人である徂徠はもとよりこんな言葉を知らない。代わりに「天の寵霊」という語句を用いている。自分が学問上の創見に達して、世に大儒と遇されるにいたったのも、ひとえに「天の寵霊」のおかげである、というのだ。「不佞は中年になってから、天の寵霊に助けられて、明《ミン》代の李攀龍《りはんりよう》・王世貞《おうせいてい》二公の文業を得た」（「屈景山《くつけいざん》に答う」第一書）といった具合である。

右の書簡は享保十一年（一七二六）に書かれたと推定されている（平石直昭《ひらいしなおあき》『荻生徂徠年譜考』）が、これ以前にも、この「李・王体験」とでもいえそうな邂逅はよっぽど印象的なできごとだったと見え、徂徠は「天の寵霊」という表現を生涯に何度も使っている。享保二年（一七一七）の『弁道《べんどう》』――「道」の語義を弁別する――の首章でも、すでにこういう文脈であらわれている。

> 私はすでに五十歳を過ぎた。この年齢でなんの努力もせず、コロリと死んでしまったら、私の天命はいったいどうなるのだろう。そう思って暇を見つけては論著に励み、そうすることで天の寵霊に答えた。（首章、傍点引用者）

李・王二公の文業のことは本作のテーマからはずれるのでここでは詳述はしないが、起きたのは要するにこういうことだった。

> 徂徠先生は蔵いっぱいの書物がまとめて売り払われたのを、金六十両でお買いになった。そのなかに種々の書物があり、とくに李・王の集を始め、明代の書物がおびただしくあったということだ。それを全部、家財を売り払って買い入れたそうだ。（『文会雑記』）

話の骨子は、一括して買い入れた大量の書籍のなかにたまたま混じっていた李・王の集が徂徠を新しい学問に開眼させるきっかけをもたらしたことにある。幸運な偶然であったことにはまちがいないが、徂徠と李・王との出会いはどこまでも偶然のできごとであった。しかしそこに「天の寵霊」のはたらきを見ずにいられないのが徂徠なのである。

それ以来この寵霊《カリスマ》はずっと徂徠の心身に宿りつづけ、精神の深処に棲みつきつづけ、時には頭脳の最高所に翔け上がって余人には真似できない独創的な思考をうながしたり、大胆きわまる発想に踏みきらせたりしたのだった。寵霊《カリスマ》も生き物だからたまには疲れて元気のないときもあったが、これまでの場合は、たいがいすぐ精気を取り戻して肌の色もみずみずしく蘇った。人生に何度か訪れた乾坤一擲《けんこんいってき》の危機に際会したときなど、どのくらいこのカリスマに助けられたかわからないくらいだ。そしてなによりも周囲の人びと——上は将軍から諸大名・学者仲間・門弟まで——が向けてくる尊敬のまなざしの大部分は、自分とひとつに融合しているこのカリスマにたいするものであることを徂徠はよく知っていた。

徂徠は風采の上がらない男だった。やたらに胴長で、小袖の丈の割には袴が短かった。いつまで経っても若いころ暮らした上総《かずさ》訛りが抜けず、地声が大きいのはついに直らなかった。算数は不得意だったし、オンチで音楽の拍子が合わなかった。それでも徂徠先生と対座した人間は、向こうから放射されてくるなんともいえぬオーラに射られたように畏服させられてしまうのだった。この微妙な霊気を発しているものこそが徂徠に宿るカリスマにほかならなかった。

その寵霊が自分の許を離れようとしているのだった。もちろん昨日や今日の間柄ではないから、いきなり掌を返すように愛想づかしをしたりしない。だがそれとなく別れを告げなければならないと素振りで示しているのが感じられた。これは天命だった。『命』とは、天が自分に命じることをいう」と徂徠は『弁名《べんめい》』——名義を弁別する——の「命」の条でいっている。

天が自分になにごとかを命じる。その下命は徂徠にとって責務感ではあったが、それはまた自分は天から選ばれて任務に応じているという使命感でもあった。もしかしたらただの使命感ではなく、自分だけがとくに天から指名されていると信じる召命感の域に達していたというべきだろう。こうなると自分は天に寵愛されているというナルシシズムも多少混じっていたかもしれない。

二

要点をズバリといえば、徂徠学は、いくつもある江戸儒学諸派のうち、もっとも抽象能力の高い思考を展開できた儒学思想である。抽象力が高いとはどういうことか。日頃われわれ人間はさまざまな事物に囲まれ、事物と関係をもちながら生活している。いま簡単に「事物」といったが、それは実際には、なんらかの「事」と「物」の集まりである。「事」と「物」とは違っている。「物」はどこまでも有形の対象であり、物体・物品・物質・物資といった一連の熟語が示すように実体性から離れることがないのにたいして、「事」のほうは、事件・事態・事情・事象等々のように発生した現象の実質的内容よりも起きたことの総体を形式的に言い取る名辞なのである。

　おもしろいことには、やまとことばでもコトとモノにはちゃんとした区別がある。コトが時間の進行・推移のうちに展開するできごと・事件・事象をいうのにたいして、モノは空間的・

求心的な性質をもつ対象を表現する。制度や慣習のように基本的にコトに分類されるような事柄であっても、ひとたび社会的に固定化したらそれはたちまちモノ化しないではいない。礼儀作法がたとえ理不尽に感じられても、「そうするモノなのだ」といわれればそれまでということもある。対象の実在が不確かな場合でもモノという言葉が使われる。モノノケとかモノノアハレとかがそうだ。正体不明・不特定の対象であってもよい。俗語でブツという場合の即物性もそうである。

下品な例で恐縮だが、たとえばこんな露骨きわまるセックス表現のなかには両語それぞれの語感が簡明かつ正確に示されている。「男と女はそれぞれのモノを出してコトに及ぶ」というような具合である。モノとコトとはここでは代替がきかない。

徂徠の主著のひとつ『弁名』には「物」という項目があり、徂徠はそこで「物なる者は、教の条件なり（「物」というのは人に教えるための必要項目・不可欠の要件である）」という言いかたをしている。さきほど荻生徂徠という人物は「もっとも抽象能力の高い思考を展開できた」思想家ではないかといったが、その特質はいま引用したばかりの「物」の字義——「物」というコトバ——の弁別のうちに最大限に発揮されていよう。

普通名詞としての物は、それがなにをさすにもせよ、対象の具体性・有形性・内実性・可触性から離れられないが、いったん「物」として抽象化されるや否や、もはやなんらの個別性・実質性を求められない形式名詞になる。たとえば実物教育。知識やスキルを人に教えこむ場合、教材にホンモノを用いることをいう。教材に使われる実物は必ずなんらかの——食料だとか物品だとか器具だとか――個物性をそなえたナマモノであることが望ましい。

しかし「実物」という言葉で表現されるかぎりでは、それはなんの具体性ももたない一般概念であるしかないのだ。

抽象力が高いというのは、物事を高次なり低次なり任意の具象性の次元で概念化できるということなのである。たとえば、日本でよく使われるが定義のアイマイな「道」という言葉はどうか。


道なる者は統名なり。礼・楽・刑・政およそ先王《せんのう》建つる所の者を挙げて、合わせてこれに命《なづ》くるなり。礼楽刑政を離れて別にいわゆる道なる者あるに非ざるなり。（『弁道』第三条）

「統名」というのもまたじつに難解な言葉だが、自然に存在する事物の概念を統合し、抽象の度合いを一次元引き上げた名辞とでも理解しておこう。徂徠の説くところでは、「道」という宇宙的実体が先天的に存在しているのではない。礼楽刑政という具体的な事物を通じて体得されるものが総称的にひっくるめて「道」と呼ばれるというのだ。

こんな例が参考になるかもしれない。人間はフルーツを食べることはできる。だが、はたして「フルーツ」を食べられるかという問題である。ヘーゲルの『哲学史序論』におもしろい話が載っている。ひとりの病人がいて、たぶん理屈っぽい哲学者だったのだろう、親切に看護する弟子たちにさんざんわがままを言ってゴネたというのである。医者に果物を食べることを勧められたので人びとは病人にサクランボとかスモモとかブドウを食べさせようとしたが、病人は「これはサクランボかスモモかブドウかであって『果物』ではない」と強情を張ってどうしても口にしなかったそうだ。この哲学者はたぶんソフィストだったのだろう。とうとう意地を通して死んだという。立派なものだ。

天下の大儒の名をほしいままにした荻生徂徠がたんに江戸儒学史のみならず日本思想史上もっともユニークな存在であるゆえんは、この思想家が他の誰とも違って、純粋に抽象的なものの実在を表象できた点にある。多くの思想家たちは「道」という概念を表象しはしたが、どこまでもそれを具象的・有形的・実体的な実在としてとらえて、であった。日本では最高の真実たる「道」の概念を至高の存在という概念と結びつけて、「天道」という観念を作り出したが、そこには依然として現に目のあたり天に実在する「道」への具体物志向と称すべき思考形態が見て取れる。民衆信仰の次元では、それは「お天道様《てんとうさま》」「オテントサマ」の名称でいよいよ実体化されずにはいないのである。

日本の思想風土は、一種先天的に抽象的思考を苦手とする。非・具体的で、形のないものを思い描くことが不得手なのである。おそらく「お天道様」という日本語ほどその事情を集約する言葉はないだろう。子どもの時分、「悪いことをするとオテントサマに叱られるぞ」と親からいわれた記憶のある人は多いと思う。天道とは、本来古代の宇宙観で「太陽が天空を通過する道」のことだったが、その軌道にある反復規則性から「天然自然の摂理」のあらわれと見なされ、人知の及ばぬ「天理」「天命」「天意」などの同義語になった。われら日本人には、たとえばそのような理念的存在ですらも具体的な人格性をもたなければ満足できないところがある。

なるほど江戸時代を通じていちばん権威があり、支配的な思想だった朱子学の理気哲学が、究極の世界原理の位置に据える「天理」は「無色無声・無味無臭」（『朱子語類』三）の超感覚的本体とされるが、その「天理」ですらたんに抽象的存在であることに耐えられず、やむなく「天極」（北極星）に比定されて、実体化のシッポの痕を留めているありさまなのである。

ざっとこのような思想的土壌に植えつけられて生育してきた徂徠学がその抽象性においていかに非風土的であり、半可通の無理解にさらされ、誤読されつづけてきたかは想像に難くない。

すでにその生前から、徂徠学の、いや徂徠先生の人となりの非風土性は格好のゴシップ種になっていた。まず物議を醸したのが例の「東海、聖人を出《い》ださず。西海、聖人を出ださず」（『学則』一）というかなり挑発的な言挙げである。徂徠の語法では「聖人」とは礼楽刑政の制作者であり、詩書礼楽――『詩経』『書経』『礼記《らいき》』『楽経《がっけい》』――の制作は古代中華という歴史的一回性・地理的局限性の下でのみなされた作為であるとされているから、右の揚言は徂徠なりにみごとに筋が通っている。しかしこの箇所だけを切り取って読むなら、たしかに、東海のはずれに位置するわが国日本は聖人が生まれない国だという貶辞《へんじ》（おとしめる言葉）にも聞こえる。

ましてや、徂徠が孔子の画像に賛（絵画上部の空白部に書きこむ文）して「日本夷人物茂卿《ぶつもけい》」と書したりしたものだから余計騒ぎになった。中華思想では四方の蛮族を「東夷《とうい》・南蛮《なんばん》・西戎《せいじゅう》・北狄《ほくてき》」と卑称する。徂徠はあえて「日本という東国の夷人」と自称し、かつ中国風の名乗りをしたのである（徂徠は、自分が物部《もののべ》氏の後裔だと信じていた。茂卿《しげのり》は彼の諱《いみな》。なお通称は惣右衛門）。

時代は下るが、国学者の石原正明などは「国を辱ずかしめ、ご公儀（幕府）をもおとしめる筋合いの言葉使いで、重大な罪にあたる」（『年々随筆』）とこれを論難している。自国をないがしろにする中華崇拝思想だというわけだ。小咄もできた。徂徠が江戸から品川へ引っ越したとき——当時、品川は東海道第一の宿場だった——、弟子が祝いに行って転居の理由をたずねたところ、まじめな顔で、「唐に二里近い」と答えた、というのである。

こんな話は徂徠をめぐるゴシップのほんの一端であるが、数ある徂徠伝説の根本にはこの思想家の類い稀な、日本人離れした抽象力の高さにたいする畏怖の念がはたらいていたといえよう。ここでいう抽象力とは、早い話が、概念としてしか存在しないもの、形のないものを実在者として認知し、想定する能力のことだ。概念としての「道」——どこそこへの道路というような特定の指示対象ではなく——というものは誰も見たことがない。あれこれの道についてなら描写できるが、「道」とはなにかについて完全に抽象的に説明するのはむずかしい。そのむずかしさは、徂徠自身が『弁名』の首章でこう述懐しているとおりだ。

物有れば名有り。名は故《もと》より常人の名づくる者有り。これ物の形有る者に名づくるのみ。

（物があればその名がある。物に名をつけることは常人でもできるが、それは有形の物にたいしてだけだ。無形の物は常人には不可視である。聖人はその不可視物に「名」を与える）

思えば「道」こそ、そうした「名」の最適の実例だろう。徂徠が「道」を「名」は「名」でもとくに「統名」と呼んだことは前述した。「道」の概念をなんらかの有形な実体の言い替えでなく、純粋に抽象的な概念だけで規定したことは、これも前述したように徂徠ならではの創見であった。

当初は朱子学者として出発し、壮年期にはその立場から伊藤仁斎の古義学（仁斎学）を攻撃してさえいた徂徠は、いったいいつ、どのようにしてかかる創見に達したのだろうか。『文会雑記』は、何年何月と時日こそ特定していないが、徂徠の思想的転回がかなり疾風迅雷的に訪れたと記している。

仁斎は朱子学の書物を繰り返し読んで、ゆっくりと悟ってゆかれたものと見受けられる。徂徠はそうではない。四書集註《ししよしつちゆう》（南宋の朱熹《しゆき》による『論語』『孟子』『大学』『中庸』の注釈書）などで一とおり朱子学の勉強をされ、それから古書を広く見て、文章を自由に書き、学問が堅固になった後、六経《りくけい》（『詩経』『書経』『礼記』『楽経』『易経《えききよう》』『春秋《しゆんじゆう》』）を読んで、一時にガラリと埒《らち》が明いたもののようだ。

徂徠の思想的覚醒は長い思索期間だの試行錯誤だのを必要とせず、不意に啓示的に「一時にガラリと」起きたのである。軽々と仕上げたように見えるかもしれない。しかし、この短期間に、徂徠の大脳皮質はすさまじい速度と密度でフル回転していた。徂徠はこのとき、同時代の他の思想家もかつて知らなかった論理的難問と苦闘していたのである。

徂徠の学問論というべき『学則』にはこんな謎めいた文章がある。いわく、「車を数えて車なし。而も車の名有り。古《いにし》えの道なり。聃《たん》が言の失せるに非ざるなり。道の道とすべきは常の道に非ず。聃が言の失なり」（第三則）と。訓読は享保十二年（一七二七）の刊本によるが、けっしてわかりやすい文章ではない。次のように現代語訳すればわかるというものでもあるまい。文旨を補足すれば、「車の部分部分を列挙しても車は存在しない。しかし『車』という名称は存在する。上古の『道』とはそういうものであった。その意味で老子（聃はその字《あざな》）はまちがったことを言っていない。ただ『道の道とすべきは常の道に非ず（道と名づけてよい道は常住不変の道ではない）』という言葉は、老子の失言だろう」ということにでもなろうか。

「車を数えて車なし。而も車の名有り」という命題はまちがっていないが、「道の道とすべきは常の道に非ず」のほうはまちがっていると徂徠は明言している。

この二つの文は『学則』第三則では無造作に一組にされているが、じつはもともと出どころが別々なのである。最初に出てくる「数車無車（車を数えて車なし）」という語句は、じつをいえば『老子』のすべての伝本にあるテキストではない。諸本中、「河上公本《かじょうこうぼん》」と呼ばれる系統の第三十九章にしか見当たらない本文なのである。徂徠は本来別箇の章段にあった二つの本文――これと『老子』首章の「道可道非常道」とを突き合わせて両テキスト間の矛盾齟齬《むじゅんそご》を言い立てているのだ。

　徂徠がそうまでして老子の文旨の不徹底と前後錯綜をあげつらうのはなぜか。どうやら「数車無車。而有車名」という文と「道可道非常道」という文とが論理構造上まったくちがっていることを確証したかったからではないかと思われる。「車の部分部分を列挙しても車は存在しない。しかし『車』という名称は存在する」という文は、「道と名づけてよい道は常住不変の道ではない」という文とは、いわば論理の準位を異にしているのだ。徂徠は、軸《じく》・輻《や》・輪《わ》・轂《こしき》など車の部分をいくら列挙しても車そのものは指示できないという。部分の総体とその名称とはちがうということしか意味しないのにたいし、「道」と「常の道」とのちがいは実際には有形の実体と無形の抽象概念との階層差を意味していたのである。

　徂徠は、自分の学問が「一時にガラリと埒が明いた」ある決定的な時期に、日本思想史上、いや、むしろ思考史上前人未踏の抽象力を開拓しようとしていた。この時期に、徂徠を領導していたのが、『老子』中の「車」の喩えだったという経緯は興味深い。

　現代社会では、クルマといえばほとんど自動車を意味するほど一般語彙として広まっているが、考えてみるまでもなく「車」には他に電車・自転車・人力車などいくらでもあるし、「車」――「車輪」――の原理を応用した器具や機械はいろいろ世にあふれている。しかし、そのことは逆に、史上いつの時代でも世界のどの地域でも、車が知られていたことを物語るものではない。古人類学では、現代人と変わらない人類が生まれた時期は十五万年前ぐらいであるのにたいして、車輪のなかった時代は十四万三千年も続いたと見積もっている。だから地球上に車をいっさい使用しない文明社会も存在した。よく知られているように、十六世紀にスペインが侵略するまで中南米のインカ・アステカ文明は車を知らなかった。また古代日本でも舟の建材になった巨木をコロで運搬したという伝承もある。

『老子』の「車」の喩えも、調べてみれば仏教論理学に先蹤《せんしょう》があり、漢訳されて『那先比丘《なせんびく》経《きょう》』(『大正新脩大蔵経』所収)という仏典は一名『ミリンダ王の問い』(平凡社東洋文庫所収)として知られているが、じつはこれ、ヘレニズム時代のBC一五〇年ごろに西北インドを征服したギリシャ王メナンドロスと仏教の学僧ナーガセーナとの対話記録なのである。

同書の第一編第一章はいきなり「車」の喩えをめぐる問答から始まる。

「(略)大王よ、轅《ながえ》・軸・輪・車体・車棒・軛《くびき》・輻《ほろぐるま》・鞭《むち》の外に車があるのですか?」

「尊者よ、そうではありません」

「大王よ、わたくしはあなたに幾度も問うてみましたが、車を見出し得ませんでした。大王よ、車とはことばにすぎないのでしょうか? しからば、そこに存する車は何ものなのですか?(略)」

これが漢文では「数車無車」とある語句の原形である。本文に車の部分として列挙されている語彙から、「車」が王侯貴人の乗り物を意味していた時代が背景にあるとわかる。車は、いくつもの部品で合成された全体であり、車そのものという物品は存在しない。存在するのは「車」という名だけである。車と「車」とのあいだに広がるギャップは部分と全体との関係におけるような同一平面・同一次元のものではない。

この二つの言葉を分つ距離を測定するには、深さという独自の尺度を導入せざるをえないのだ。

すでにBC二世紀のころから気がつかれていた言葉の深度という新しい次元への注目は、その後仏教論理学・春秋戦国期の諸子百家などのうちに間歇的に伝えられ、十七世紀日本の徂徠学に《車の論理学》としてよみがえり、未曾有の抽象力を探求する機因となったのである。

しかし、筆者《わたし》はこれ以上思想史やら儒学史やらの七面倒くさい話題を続けて読者を悩ませる気持ちはない。ただ以下にわたって、これまでの徂徠研究がことさらに無視してきたひとつの事実――荻生徂徠を徂徠学に目覚めさせたインスピレーションの源泉は豆腐屋との出会いにあったということの真相をゆっくり物語りたいと思うだけである。

三

徂徠先生はこのところ無性に豆腐屋七兵衛と会いたくなった。柳沢家に仕えてかなりの禄高を得るようになってから、貧時に世話になったこの豆腐屋に恩返しをしたという佳話はすでに紹介したとおりだが、じつは徂徠と七兵衛その人とは、柳沢家から暇《いとま》を取った後に住んだ日本《にほん》橋茅場町《ばしかやばちょう》――徂徠学派をいう「蘐園《けんえん》」の名はここから出た――、さらに牛込のほうに引っ越してからずっと疎遠になっており、顔を合わせる機会が絶えてなかったのだ。

徂徠はその後ふたたび仕官しなかった。二度と主人《あるじ》もちにはならなかった。民間に留まって蘐園塾に多くの門人を集めてたいへん賑わった。主著『弁道』『弁名』『学則』などの想を得、徂徠一生の仕事が次々と書かれたのもこの時期である。全国の名だたる学者が門を叩いたし、藩主でありながら徂徠学派に名を連ねた人士も少なくない。「天の寵霊」が徂徠の心身に降り立ち、長いこと苦闘していた難問を「一度にガラリと」解く啓示を与えたのもこの蘐園時代だった。

もちろんこの間、徂徠は七兵衛のことを忘れていたわけではない。が、徂徠は連日多忙であった。面会者の数も多かった。こちらは武士身分の儒者であり、相手は一介の町人にすぎないという間柄が容易に二人を会わせなかったという因習もないとはいえない。そのうちいつか七兵衛のことは、忘れるともなしに記憶の抽き出しにしまいこまれてしまっていたのである。

それが近ごろ、享保十年の声を聞いてからというもの、やたらに七兵衛の安否が気がかりになり、なにかにつけて思い出される日々が多くなっていた。なぜだろう、と徂徠はわれながら不審だった。昔、芝増上寺門前に仮寓していた貧乏時代には、自分より少し年かさなだけだったが、七兵衛はその若さでたっぷり俠気《おとこぎ》のある町人だった。出世した徂徠が恩返しのつもりで贈った扶持も快く受け取ってくれた。その後なにかとかけ違ってすっかり会わずにいるが、いまではもういい老年になっているはずだ。

人間誰しも年を取れば昔の友だちに会いたくなるものだが、徂徠が七兵衛をなつかしむ気持ちにはどこか特別なところがあった。じつをいえば、徂徠はいまだに七兵衛にたいして心に引っかかるものをもっていた。言いたいことがたくさんあるのになぜかこれまで言い尽くせなかった。これを言い残したままでは死んでも死にきれないというといかにも大げさだが、ともかく徂徠と七兵衛とのあいだには、なにかまだ決着のつかない話が残されていて、いずれはゆっくり片を付けてモヤモヤをなくしたい、という思いが最近つのってきたのだった。

思い出す。最後に七兵衛と面談したのは、いまから十五年ほど前のことだった。まだ宝永六年、徂徠が柳沢家を去る直前、自分が同家の禄を食まなくなってからも七兵衛に支給する二人扶持はそのままにしておくといった事務手続きをしていたとき、七兵衛当人もたしかその場に同席していたはずだ。

七兵衛はその恩典をかたちどおり二、三回辞退してみせたのち、ありがたく拝領したのを徂徠はよく覚えている。しかし同時にそのとき七兵衛がわずかながら不承不承これを受け入れるという表情をうまく隠せなかったのにも目ざとく気がついていた。そのときには、徂徠はほとんど気にも留めず、いつとなくそのことも忘れ去っていた。ところが最近になって、あのとき七兵衛が不機嫌そうに見えた理由に遅蒔きながらようやく思いあたったような気がしたのである。

あ、そうか！　あのときはうっかり見落としていたが、七兵衛が気に入らなかったのは扶持をもらいつづけることではなく、そもそもこのわしが柳沢家から加増されたことであり、また自分がその加増に便乗した格好で余禄にあずかることではなかったろうか。七兵衛はどうもそれが腑に落ちなかったらしい。とすると、あの男の不機嫌はこのわしに向けられていたことになる。意外だった。しかしそれなりに筋は通っている。面と向かって口にこそ出しはしなかったが、内心ではわしに言いたいのをガマンしてずっと腹に納めてきたにちがいなかった。

そうだったのか！

いままで気がつかなかったのは迂闊だったが、考えてみれば、思いあたることがいくつもあった。

六十歳になった徂徠は、自然に目を細めて二十二年も昔の、輝かしく機鋒をきらめかせていた時代の自分を思い起こしていた。それは花の元禄十六年（一七〇三）の正月、その年の十一月に江戸の大地震が勃発して年の様相も社会の空気も根こそぎ変えてしまう以前の最後の泰平の日々の回想だった

元禄九年（一六九六）八月、三十一歳の新進気鋭の学者だった徂徠は、いまを時めく当代随一の権臣柳沢吉保に高い学識を見出され、「家の飾り」とまで尊重される。宝永六年（一七〇九）に吉保は隠居し、柳沢家は吉里《よしさと》の代になるが、徂徠の好遇は依然として続けられる。正徳四年（一七一四）十月に徂徠の禄高は五百石に加増される。それはあたかもこの年十一月に他界する吉保が徂徠に遺していった置き土産のようであった。

ともかくも吉保と徂徠とのそんな君臣関係のさなか、この大学者が将軍の寵臣のためにひとかたならぬ骨を折ったできごとがあった。赤穂浪士の吉良邸討入り事件——当時まだ「忠臣蔵」という呼称はなかった——の裁定である。前年元禄十五年（一七〇二）の暮も押し迫った十二月十五日に起きた事件の下手人たる赤穂浪人たちをどう裁くべきか？

柳沢吉保は頭を抱えていた。浪士たちを極刑に処そうとする方針に、老中らを根回ししてきたところに、評定所の助命論が出てきて、決定がひっくり返されたのである。とんだ頭痛の種だった。

おまけに綱吉はいかにもわがままな専制君主らしく、このころにはもう浅野内匠頭に即日切腹を申し渡したことなどケロリと忘れて、赤穂浪士の一途な忠心にすっかり感銘し、助命したい気持ちに傾いていた。綱吉の動揺を防ぎ、かつ、浪士処罰の既定方針で押すにはどうしたらよいか。

吉保は、家中の儒者荻生徂徠を急ぎ呼び出した。三十八歳の徂徠は緊張して、しかし神妙な面持ちで伺候してきた。相談をもちかけられた徂徠は、しばらく考えて返答した。

忠孝をなそうと心がけて事を起こした者を、もしただの盗賊同然に処断する先例を作ってしまったら、不義不忠の者共の取りさばきは今後どうなるでしょうか。他国はさしおき、わが国現在の判例として扱い、切腹に仰せつけられましたなら、あの連中の宿意も立ち世上の示しにもなることと存じます。（「柳沢家秘蔵実記」）

水際立った論理である。これを聞いた吉保は思わず膝を拍《う》って「なるほどそうか」と感心し、自分はいい家来をもっていてよかったと痛感した。これでゆけば赤穂浪士の筋はとおり、上杉家の面目も保《たも》て、なんとか助命論を押しつぶせるだろう。吉保は自信をもって浪士たちを切腹させる準備を進めた。浪士たちを預かった四大名家に目付・使番を派遣して、「二月四日に浪士一同を切腹させる」と通達したのは、前日の二月三日である。

この処置は名裁定として江湖の好評を博し、吉保はおおいに面目を施した。将軍綱吉の股肱《ここう》の臣として地位はいよいよ安定し、吉保の権勢はその後揺らぐことはなかった。それとともに荻生徂徠の名声もとみに高まり、諸大名から藩政に助言を求めて多くの人士が門戸に集った。さすがに柳沢家から引き抜こうとするほど大胆な大名家はなかったが、徂徠門下の学者たちは方々から引く手あまただった。

のちに「忠臣蔵事件」の名で世に語り伝えられる赤穂浪士の集団復讐はさまざまな影響の刻印を社会に残したが、そのひとつに、荻生徂徠という大学者を世に出すきっかけになったことを忘れてはならない。

国法の権威を貫き、かつ、武士道の名誉も守る。つまり国家も個人も、公も私も双方の顔を立てるという天下の名判決――この裁定を幕府が下した背景には柳沢吉保の深慮があり、さらにその楽屋裏にはブレイン荻生徂徠の颯爽たる法理論が生きている。事の真相は公然の影の声として、幕臣社会にも学者仲間の世界に広く行きわたっていた。徂徠自身も学者デビューのための追い風としてそうした巷の噂に便乗したところがあった。

にわかに懐具合がよくなって、貧乏暮らしにサヨナラし、毎日の食生活もやっとオカラから解放された。いまこそ、陽があたらなかったころ、さんざん世話になった豆腐屋七兵衛に恩返しをするべきときだった。徂徠が自分の食禄を割いて毎年二人扶持を賦与することができたのも、こういう環境変化があったからこその話だった。

しかしいくら青年客気の絶頂にあるといっても、さすがは英知の人。若い徂徠の内部には「自分はこれでよいのか」と自問してくるもうひとりの徂徠が潜んでいたことも言っておかねば不公平というものだろう。

徂徠先生は、天下のご政道に一家言あるのみならず、その発言が時の幕閣のご意向をも左右できる力をもつ少壮の学者らしい――そういう世の定評はまんざら耳に快くないこともなかったが、その一方で徂徠は心のどこかになにかわだかまりがあるのを感じていた。

なにか釈然《スッキリ》しないものが残されている感じだった。徂徠は遠い少年時代、上総の田舎で幼い弟観《かん》――成人してから北渓《ほっけい》と号して幕府儒者となる――と日々真っ黒になって、軍学ごっこをして遊んでいたころを思い出す。二人はよく土地の百姓から畑を荒らすなと怒鳴られたものだった。ちょうどそんな具合に、にわかに先生扱いされる自分もそのうち誰かが出てきて叱りつけられそうな気がしていた。

だから、その徂徠が豆腐屋七兵衛の反応にやたら神経質になっていたのもけっして不思議ではない。

七兵衛はそれこそ目に一丁字《いっていじ》もない無学な町人だったが、いかにも江戸っ子らしく義俠心に富み、それ以上に曲がったことの嫌いな男だった。弱きを助け、強い者には意地でも突っかかる気風《きっぷ》の持主だった。そんな気性だったことは、若いころの徂徠の窮状を見かねて連日オカラを食べさせたことからも明らかだ。討入りの翌朝、泉岳寺めざして引き揚げる浪士の行列を人びとは歓呼して迎えたが、増上寺近くに住む七兵衛が群衆に混じっていたことはいうまでもない。だが、その七兵衛が赤穂浪士処断に関する徂徠の具申にたいしてはウンともスンとも意見を言わなかった。いや、人づてにそう聞いた。徂徠はその後もたいへんそれを気遣って何度も聞き合わせたがわからず、そのうちいつか忘れてしまった。

それから二十数年の歳月が流れ、赤穂事件そのものについての人びとの記憶はしだいに薄れ、ただ「武士道の華」とか「忠臣の鑑《かがみ》」とかのモノガタリとして回想される時代が到来していた。

七兵衛はまだ生きているだろうか？

生きているとすれば、そろそろ七十に手が届くほどの年格好にちがいなかった。もう家業は息子の代になり、当人は隠居していておかしくない。あのころのことをまだよく覚えているだろうか？　覚えてくれていたら、あのときほんとうは徂徠が述べた意見をどう考えていたかも、記憶に残しているだろうか。そう思うと徂徠は急に七兵衛に会いたい気持ちが矢も楯もたまらなくなった。年寄りらしい短気も手伝って、徂徠は門弟を使いに走らせ、七兵衛を牛込の自宅に招く段取りを整えた。

「これはこれは。お懐かしうございます。長らくご無沙汰しておりました」

「いえいえ。こちらこそいかいご無沙汰。ご出世のお噂はかねがね耳にしておりやしたが、そうなるとけえって敷居が高く、ついうかうかとご挨拶にも伺えぬまま、今日という日になってしめえました。どうぞまっぴらご免なすってくだせえまし」

と、まあこんな具合にひとしきり再会の挨拶がやりとりされた後、徂徠はせっかちに、いかにも気短かに、七兵衛に尋ねたかったことを切りだした。あのとき自分徂徠が、赤穂浪士たちに死罪を言い渡さず、切腹を申し付けるという方針を出したことを七兵衛はどう思ったのか率直に聞きたいと言ったのである。

「いやあ、みごとなお裁きでございましたよ。浪士のみなさんも、これでわれらの素意は天下に通じた、われらは本望を遂げたとご一同満足なすったんじゃござんせんか」

七兵衛はソツなく笑顔でそう答えたが、徂徠はそれが相手のホンネではないことを直感していた。この男はどうやら本心を隠しているようだ。ほんとうは、元禄十六年に徂徠が言ったこと、柳沢吉保と二人三脚で幕府の急場を凌いだことのすべてが七兵衛の気に食わなかったらしいと、徂徠の老いてもなお衰えていない対人感覚が告げていた。

「腹蔵なく言ってくれてよいのじゃ。二十二年も前のこと、わしもずいぶん若かった。いろいろ其許《そこもと》のお気に召さなかったこともあったであろう」

「イヤ滅相もない。ありゃ天下一品のご落着ともっぱらの評判。あっしらごとき下々の者が口を出す場合じゃございません」

この言葉、というより言葉を連ねる調子に、徂徠は話の接ぎ穂を失った。七兵衛は本心を語っていない。それでいて表面だけは愛想よく、摩擦がなく、耳に逆らわない言葉を選んでたくみに応答する七兵衛を目のあたりにして、徂徠はただただ心淋しかった。七兵衛は自分を真剣に相手にしてくれていなかった。徂徠がほんとうは七兵衛に期待したのは、いくら粗暴でもよい、まちがっていたらまちがっていたとムキになって徂徠に言いつのるバカ正直さだった。もしかしたら徂徠は、

「先生、先生がなさったことはあっしにゃ気に入らねえ。あっしは不承知でござんす」

と、目の前でズケズケ言われるのを存外無意識に待ち設けていたのかもしれない。

というのは、自分があとどのくらい生きるかまでは予知できないにもせよ、自分が一生のうちにやり遂げたことをせめて確かめておきたいという願望に最近そぞろにせっつかれている

徂徠は、自分がここまでたどってきた道筋を眺めなおしたくなってきたからだ。

四

荻生徂徠が独創的な思想家であるとされるゆえんは、古文辞の学にある。もともとは古代の文献を古代の言語に復元して理解する学問方法論にすぎなかった「古文辞学」が、包括的・体系的な思想にまでその準位が繰り上がるのは、この学者が自分でマスターした古代言語によって復元された上古の「道」――それが人為的に制作され、制度化された具体的事物の総称であることはすでに述べた――を、日本の思想風土における最高の普遍者の位置に高めたからである。

「道」は普遍者である。が、同時にまた「礼・楽・刑・政およそ先王建つる所の者」(『弁道』第三条)というように具体的な事物でもある。つまり徂徠のいう「道」とは、具体的であり、かつ普遍的だというイメージしにくい概念なのである。ちょっとわかりにくいが徂徠の説では、「道」は中国古代の古聖先王による歴史的・一回的な制作物でありながら、それに由ってさえいれば世が自然に治まるという永遠不滅の特性をも具えている。諸道としてあれこれの具体的形相を取ることによってしか、「道」はその普遍的本性を貫くことができないのだ。ポストモダニズムが一世に風靡させた言いまわしを借りて、大文字の「道」(Dao)は、小文字の諸道(*daos*)の「統名」であるとでもいうことになろうか。

このような「道」の定義は、江戸時代官製の思想だった朱子学の「道」概念とは真っ向からちがっている。朱子学では、「道」とは「事物当然の理」と定義されていた。朱子学の世界観によれば、天地宇宙の間にただひとつの理法・法則・秩序が存在し、万物の運行を支配している。この存在者に与えられた呼称が、「天理」「天道」「道理」などといった一連の同義語群である。これらの諸概念は、世界万物を構成するさまざまな物質（「気」）中に「理」として遍在し、分有されている実在であるから（これを「理気二元論」という）、朱子学的思惟における「道」の普遍性は、けっきょくのところ、「理」の実体的実在性に依拠していることになる。徂徠学の場合、「道」概念の普遍性は、いかなる実体的存在にも支えられず――それがなんらかの宇宙的実体の区分、いわば小普遍であるがゆえにではなく――個別的・具体的な諸事物の総体から抽象してのみ得られるものである。朱子学とのこの違いは決定的に重要だ。

というのは、この物語の主人公である荻生徂徠が四十九歳のころまで、朱子学者の立場で発言している事実があるからである。正徳四年（一七一四）、徂徠は『蘐園随筆』を刊行している。後年の徂徠は、同書を「中年未熟の書」として極力否定しているが、内容は朱子学擁護の立場から伊藤仁斎の古義学を厳しく批判した書物である。

ここで徂徠が批判してやまない仁斎学のエッセンスは、「天地は一大活物、理字をもってこれを尽くすべからず」（仁斎『童子問』）という一文にある。仁斎は朱子学の「理」概念を否定するのに急であり、「理はもと死字」（同）とまで言いきっている。朱子学の基本原理をなす理気二元論――朱子学では形而下の「気」――陰と陽の二つの「気」の運行が万物を形成する

――に形而上の「理」を対立させる。しかも「理ありて後、気あり」「未だ天地あらざるの前、畢竟まずこの理あり」(『朱子語類』)といわゆる理先在説を唱えるから、「理」を否定することは仁斎が決定的に朱子学と対立する一点だ。

『蘐園随筆』の徂徠は、堅固に朱子学擁護の論陣を張るわけだが、ここで注目すべきことは、徂徠がまさにこの「理」という一字の取り扱いにおいて、朱子学的思惟を離れてしまっていることである。

朱子は「陰陽は道に非ず。陰陽する所以《ゆえん》の者は是れ道(陰陽は「道」ではない。陰陽を一動一静させる者が「道」なのである)」(同)という。宇宙に実在し、天地万物を運行させている第一原因のような実体が「理」ないしは「道」であるのだ。仁斎はなにかが「気」を生動させるではなく、「気」が生動すること自体が「道」だと確言する。しかし徂徠は「所以の者」にこだわる。陰陽が一動一静してやまないのは、「道」がこれを「主宰」するからだ、と徂徠はいう。この「主宰」という語句が微妙である。徂徠はなお第一原因のようなものの存在を想定する考えを捨てきれない。しかし「気」に先在する「理」という考えには賛同しない。徂徠は「いわゆる理(「理」といわれるもの)」の実体的実在を認めない。認めるのはただ「命《なづ》けて理となす者」(『蘐園随筆』)だけだ。つまり「理」は名辞にすぎない。こうして反《カウンター》仁斎学かつ親《プロ》朱子学の論陣を張った徂徠は、いつのまにか自分が味方した朱子学の根拠を掘り崩してしまっているのである。

それが正徳四年、徂徠四十九歳の年のことだった。なるほど後にこそ、本書は「中年未熟の書」として撤回されるのだが、少なくともこの年には、徂徠は本書が朱子学擁護の文業であることを否定していないのだ。

ところが、その四年後、徂徠五十三歳の享保三年（一七一八）には、『学則』『弁道』『弁名』などの主著に着手している。してみると、この学者が独自の創見に「ガラリと埒」を明けたのは、正徳末年から享保初年にかけてのわずか二、三年間のことだったと判明する。朱子学の使徒から堂々たる反朱子学の旗手への変貌――この大胆きわまる百八十度転換に際して、決め手になっているのは、「道」とか「理」とかいった朱子学の基本字彙をすべて実体としてとらえず、たんなる名辞と解釈する卓越した言語感覚であった。

だがそんなことがあったのは十年も昔のことだ。徂徠の世俗的名声はそれ以前の柳沢家仕官時代に確立されたものだし、同家を致仕して私塾蘐園に全国から門人を集めた時代にもなお衰えることはなかったが、その盛名は徂徠が学者として一家の見を打ち樹てたことをきちんと評価されてのものかどうかは当人にもすこぶる心もとなかった。むしろ徂徠の名声は、あの赤穂事件のみぎり、公儀の御威光と浪士たちの忠義の心情とを二つながら生かした名裁定を発案した蔭の功労者だという多分に通俗的な人気にもとづいていることは本人がよく承知していた。あの裁定がなかったら、討入り成功の後、世を挙げて巻き起こった赤穂びいきの大衆的熱狂を無事に乗りきることはできなかったろう。でも、それがうまくいったのは、いわば政治家としての成功であり、必ずしも学者としての力量からではなかった。いや、徂徠先生の世俗的名声はどだい学問的評価とは無関係に形成されていたとさえいえるだろう。

してみると、わしはこれまでこの世でいったいなにをしてきたのだろう。なるほどわしは方々で「先生先生」ともちあげられ、敬意を表されているし、綱吉将軍や柳沢吉保公がご在世のころはもちろん、御代替わりの後も大事にされて下にも置かぬ処遇を受けてきた。身にあまる待遇かもしれぬ。だがそれはわしが昔から念願していたような生きかたとはどこかでちがっていた。わしは学を事とする者、すなわち学者である。ただ為政者に助言したり、政策を進言したりするだけの人間ではけっしてない。

幸いにも天の寵霊を得たいまのわしだから、ためらうことなく、「学なる者は先王の道を学ぶを謂うなり（学とは先王の道を学ぶことだけをいう）」（『弁名』「学」第一則）と断定できるが、最初に七兵衛と出会ったころの自分だったら、やれ仁義の道を身につけるとか、やれ聖人たることを倣《なら》うとか朱子学の常套句を並べ立てていたことだろう。しかし現在、わしが目標とする学は「人に長となり、民を安んずるの徳（古先聖王が民政を安楽に保つという人徳）」（同「仁」第一則）つまり「仁」にのっとることに専心している。

社会がつねに安寧であるように経営し、民をいつも安息していられる状態に置く。一口にいうなら「経世済民」に尽力するのが「仁」である。万物を生息させるのが天地の徳であるように万人を安息させるのが聖人の徳である。これを「仁」という。もちろん、学者は聖人ではない。どこまでも「学んで徳を成す者」（『弁名』「仁」第一則）にすぎない。そもそも徂徠によれば、「徳」は「得」であり、「人々各々の道に得る所を謂う」（『弁名』「徳」第一則）のであるから、学者はめいめいその性《うまれつき》――「性なる者は生の質なり」（『弁名』「性・情・才」第一則）

――適した方面にしたがって、おのおのの徳を成すことが使命なのである。

だがこのわしは、はたしてこのとおりの生きかたをしてきただろうか、と六十歳の徂徠は自問する。いま思えば宝永六年（一七〇九）、四十四歳の年に柳沢家から暇を得て自由の身になったのも、自分が真の意味の学者でなく、ただ柳沢家の「家の飾り」であることにあきたりなかったからかもしれない。その後将軍の代替わりが何度かあって、家宣・家継二代のあいだ、徂徠は権力の中枢から遠ざかり、いわゆる「干された」状態にあった。徂徠が「天の寵霊」を得て、独自の思想に達したのはこの時期である。

それから政権はまたもや交替し、八代将軍吉宗の代になり、徂徠はまた召し出されることになったが、それは必ずしも徂徠の意向に沿ったものではなかった。紀州から江戸城に入った当初は、徂徠もこれは「中興」のチャンスだと期待をもったが、まもなく失望したことが『文会雑記』にこう記されている。

いまの大御所（吉宗）が紀州から入られたときに言われたには、「中興するならいまだ。この際間部越前守《まなべえちぜんのかみ》（家宣・家継の寵臣）を切腹させ、幕府初期の功臣だった諸大名に加恩し取り立てて民の耳目を新たになされなければ、幕府はこれからしだいに衰えてゆくであろう」と。だがその後一年ほど過ぎてからは、「吉宗公はわしがいうようにはなさらない。さてさて中興の気性のないお方だ」と嘆いて、太宰春台《だざいしゅんだい》にこぼされたそうだ。

五

その晩、かれこれ十五年ぶりに再会した荻生徂徠と豆腐屋七兵衛は夜が更けるのも忘れて若いころの思い出話にふけった。貧乏時代の記憶もいろいろ甦り、二人はそれぞれに苦労した昔の日々をなつかしく語りあった。

「あのころはたがいに若かったのう」

「いかさま。あっしはあなたさまがこんなに偉くなられるとは知らず、ずいぶん失礼な口を叩きました。まっぴらご勘弁くださいやし」

「なんのなんの。失礼はお互いさまじゃ。わしのほうこそ、そなたのご好意にすがりっぱなしじゃった。重ねて礼を言いたい」

「先生、どうかその話はもうお置きになって」

「そればかりではない。わしはそなたからじつにいろいろ教えられておる」

「ご冗談を。そんなことがあるわきゃあございやせんよ」

「それがあるのじゃ。ホラ、あの増上寺の浄土坊主と珍問答をした話」

「アアあのことですかい。先生、よく覚えておいでで」

「覚えているには理由がある。と申すのは、その話はわしが自分の学問に眼を開くキッカケになったからじゃ。まあ、てんから宗旨は違うが、禅機のようなものじゃの」

「はあ」

七兵衛はポカンと狐につままれたような顔をしていたが、実際にはこうだった。当人がとっくの昔に忘れ果てていたのも無理はない。まだ元禄のころ、近くの増上寺に大勢いた修行僧のひとりが、練習台でも探すつもりだったのか、ふらりと豆腐屋の店先に入ってきて問答をしかけたことがあった。「問答」というととかく禅問答のことがいわれがちだが、もっと広く各宗派で用いられていた重要な教導手段である。とくに禅宗だけにはかぎらない。教義の論議や宗派間の法論にもよくおこなわれた。古くは宗義の優劣を争うあまり、問答で相手を言い負かすと住持を追い出して寺を乗っ取るというような荒っぽいものもあった。寺を明け渡すことを「寺を開く」といった。昔はそんな殺伐な習わしもあったそうだ。

増上寺は浄土宗の大本山だが、百を超える学寮に千を数える学僧を抱えていたので、全国から多くの修行僧の出入りもあった。なかには誰かれかまわず問答を言いかける突飛な輩《やから》もいたのである。手ごろな相手と見ると議論を吹っかけるメイワクな人間がいる。それがたまたま豆腐屋七兵衛に行きあたったわけだ。

昔から豆腐屋は寺に縁が深い。大部分の宗派は肉食を禁止したから、僧侶はもっぱら豆腐を食して大豆の蛋白質を摂取し、これを肉に代用した。例外的に浄土真宗は肉食妻帯を許容したが精進料理も愛好され、増上寺近辺には豆腐料理店・豆腐屋が多かった。七兵衛の店もそのひとつだったのである。

ある日、七兵衛の営む豆腐屋の店先にひょろりと姿をあらわした貧相な雲水がいた。目ばかりギョロギョロして、いかにも議論好きな顔つきをしている。案内を乞う声が聞こえたのでなんの気なしに店先に出ていった七兵衛は顔を見るなりイヤな予感がした。が、相手は客だからしかたがない。渋々ながら応対しようとする。と、相手はこちらを与《くみ》しやすしとタカを括ったのだろうか、いきなり法問を言いかけてくるではないか。


「ブツ、ダイノカシャノケハイイカニ？」


七兵衛は面食らった。なにを言っているのか全部チンプンカンプンだ。この野郎、人を無学と見てあなどりくさって、と不愉快になってこちらも見る見る仏頂面になった七兵衛はこんな乞食坊主に誰が返事をしてやるものかとダンマリを決めこんだ。

くだんの雲水はこれを無言の行とカンチガイしたらしい。ひとり合点でなにやら肯き、妙な格好に手足をくねらせて、しばらく思案の体だったが、やがて指を一本突き出して見せる。あとで人に尋ねて教えられたことだが、その仕草は「一仏世に出《い》でず。もって如何《いかん》となす」という問いかけなのだそうだ。

迷惑したのは豆腐屋七兵衛だ。そんな知識など一かけらもないから、もちろんなんのことやらわからない。だがそれなりに、なんだか自分がバカにされていると感じてムッとした。こん畜生、負けてたまるか、ともかくこいつの上を行ってやろう。そう思った七兵衛は指を二本揃えて相手に突きつけた。

これはかなり効いたと見えて、雲水に「ほう。おぬし、なかなかやるのう」とチラリと感服したような表情が浮かぶ。それから目をパチパチさせたと思うと、いかにも得意げに指を三本立ててヒラヒラさせる。

「なるほど。そう来たか」

七兵衛は心中で呟いた。これで数回、無言の問答をやりとりしているうちに要領が呑みこめてくる。三が二に勝つのは当然ではないか。だとすれば、次にこっちが打つ手は決まったようなものだ。七兵衛は五本の指を見せつけるように全部広げた右手を相手の面前にヌッと出してやった。

敵もさるもの、すっかりこちらの手の内を読んでいるようだった。こんどは考える間を置かず、両手の掌をかざしてパッと十本の指をひろげて見せる。指のあいだからこちらを覗く雲水は、どうだ、参ったかと言わんばかりに得意げな表情をしている。それが急に七兵衛の気に障った。指の数はこれ以上増やせない。そのことを見越したうえで、相手はこちらをこんないいなりゆきに誘いこんだのかもしれなかった。

七兵衛は無性に腹が立った。なぜ自分が坊主の真似をして問答もどきにつきあわされたあげく、坊主にしたり顔をされなきゃならんのだ？　ふいに自分のしていることがひどく馬鹿馬鹿しく思えてきて、七兵衛はすっかり白けてしまった。こんな愚かしいことはもうやめだ。そう思った七兵衛は知らず知らずのうちに手を否定の印にクルクルまわし、宙にマルの形を描いていた。

するると、思いがけないことには、それを見た雲水が感じ入った顔つきで目を凝らしていた。七兵衛はもうこんな遊びじみたことはヤッチャイラレナイというつもりだったが、先方はまたそれをカンチガイしたらしかった。しばらく考えていたが、なにを思いついたのかさかしげに目をしばたたかせて、右手だけを伸ばし、人差指と親指で小さなマルを作って見せた。

「なんでえ。バカにすんねえ。もう、おまえさんなんぞを相手にしねえぞ」

むかっ腹を立てた七兵衛は、思いっきり右の下まぶたを押し下げてアカンベエをして見せた。こっちも暇じゃない、ヤメタヤメタ、いつまでも遊んじゃいられない、という意思表示だった。もちろん、侮蔑の気持ちもたっぷりこめていた。

意外なことに、この相手はまるで怒ろうとしない。それどころか弾かれたようにパッと飛びすさると、店の三和土《たたき》に両手をついて平伏するではないか。なにがなんだかわからず、ただびっくりしている七兵衛に向かって、目に敬服の色を湛えた雲水がいった。

「恐れ入りました。驚き入ったるご達識。とうてい野僧ごときの遠く及ぶところではございませぬ」

こうして一しきり十五年ぶりの思い出話に花を咲かせ、二人で笑いあった後、徂徠がふと真顔になって真面目な話をした。じつは七兵衛から修行僧との珍問答の顚末を聞いてすぐ、徂徠は懇意にしていた増上寺の学僧に無言問答の決まりごとについて質問し、基礎的な知識を得たのだそうだ。さすが勉強家はやることがちがう。

それによれば、たとえば禅宗に『公案解答』という入門者向きの文献があるように各宗派ごとに問答の手引き書がある。ちょうど現在の手話にマニュアルがあるのと同じ要領で、どの仕草がどういう意味を伝えるかの文例集のようなものが作られている。七兵衛と修行僧との問答もさしずめ次のように解読できるということだ。

指を一本出すのは、前述のとおり「一仏世に出でず。もって如何となす」という意味で、いわばこれから問答を始めますよという初対面の挨拶みたいなもの。二本の指は「仏にいかんぞ彼我の差別《しゃべつ》あらんや」という法語だとこの生悟りの坊主は解したのだろう。三つ指は「三尊の弥陀（阿弥陀菩薩を本尊とし、観音《かんのん》・勢至《せいし》を脇侍《わきじ》に配した三体の仏像）はこれいかに」。五つ指は「五戒で保つ」。十本の指は「十方世界《じっぽうせかい》」。下まぶたを指さす動作は「目の下にあり」といった具合に、すべて模範解答の定石にかなっているのだ。要するにボディ・ランゲージ集のようになっているわけである。

徂徠から説明を聞いた七兵衛は、目をパチクリさせていたが、いまようやく納得がいったようすで大笑いした。

「さようでござんしたか。あっしにゃアそんな七めんどくさいこたアわかリャしません。あっしゃアただあの乞食坊主が手つきでケンカを売ってくるのにお返《けえ》しをしただけでさあね。あの野郎、腹の立つような仕草ばっかりしやァがった。

まず人差指一本を出した。第一《でえいち》、人を指さすという仕草が気に入らねえが、それには胸を擦《さす》ることにして意味を考えると、どうもこりゃ豆腐一丁ほしいということらしい。だから、二文だと返事をしたわけで。そうしたらこんどは三本だ。『三丁買うなら五文にマケてやる』と返事をした。

それを見て向こうはなにを思ったのか、やにわに『十丁だといくらだ?』と聞いてきた。今日び豆腐をいっぺんに十丁買う客はいませんぜ。九丁で十五文なら十丁でいくらになるか咄嗟にゃ考えつきませんや。面倒になったから、もうこんな問答ごっこはよそうやというつもりで手をクルクルまわしただけです。それなのにあの糞坊主め、それを豆腐の大きさとまちがえたのか、『おまえんとこの豆腐はこんなに小さいんだろう』とわざわざ手で形を作って見せやがる。あっしはとうとう堪忍袋の緒が切れてアカンベエをした、というようなしで次第《なし》でえなんで」

徂徠はなつかしげに目を細めて七兵衛の話を聞いてやった。若いころ、理屈っぽい学僧を法問でやりこめたのが自慢で、七兵衛はいつもこれをひとつ話にして誰かれとなく喋りまくっていたものだ。徂徠も昔たしか聞かされた覚えがあるが、初めて聞いたような顔をして調子を合わせてやった。記憶力のよい徂徠は、しかし七兵衛の自慢話がだいじなところではツボをはずさず、ちゃんと筋道を通していることに感心させられた。それはつまり、このいわば《豆腐屋問答》から、さきほど徂徠が「禅機のようなもの」だと七兵衛にいった徂徠学開眼のヒントを得た機微をいかに摑んだかを確かめなおすことでもあった。

荻生徂徠が創始した自前の学問はもちろん「徂徠学」と呼ばれるが、あたりまえの話かもしれないが、徂徠先生はそもそもの初めから徂徠学者だったのではなかった。むしろ強烈な朱子学の信奉者だったのだ。それがある日突然、門弟の観察によれば「一時にガラリと」思想の方向を転じ、ラディカルな反・朱子学の急先鋒に変貌する。「徂徠学」がスタートするのである。

徂徠学とはなにかを一口にいうのはむずかしいけれども、その始点を一語で言い取ることはできそうだ。ときに通常の理解を絶した反語や逆説が思考の飛躍をうながすように、このとき徂徠に啓示的な閃きをもたらしたのが『老子』「車を数えて車なし（数車無車）」という難解な語句であったことは先ほど見た。

「わしも最初はその意味がわからなかった」

と徂徠は七兵衛に述懐した。

「ところが、わからなくてモヤモヤしている最中にそなたからその問答の話を聞いたら、にわかに眼の前が明るくなった。そなたの一言がわしに光明をもたらしたのじゃ」

「滅相もない。そんな大それたことをいった覚えはございませんぜ」

「そうであろう。そなたにはなんの他意もなかったはずじゃ。しかし、そなたのなにげない言葉がわしには天籟《てんらい》のように響いた。というのはこんなわけじゃ」

徂徠先生はこういって七兵衛に自分にとって「豆腐屋問答」がどんなに役に立ったかを噛んで含めるように語り聞かせた。その言葉どおりではいかにもまわりくどいので、以下には多少後世風の言いまわしも混じえてお伝えすることにしよう。

問答の始めから終わりまで、七兵衛のアタマに一貫してあったのは豆腐のことだけだったらしい。指一本は豆腐一丁、だし、指二本は豆腐の値段が二文だ。三本は三丁で、その値段が五文。指を十本出したのを十丁と思って、その値段はすぐには付けられないと答えた。つまり不定。話をチャラにしようとしたが相手には通ぜず、また手でマルを作るのを、どこまでも豆腐にこだわる七兵衛はそれを「おまえの店の豆腐はこんなに小さい」とジェスチュアで悪口をいわれたと思いこんでカッとなったというしだいなのである。

これもみごとに終始一貫カンチガイを通していて敬服するほかはないが、それにしても七兵衛の物の考えかたからは独特の図面が透けて見えている。七兵衛の脳裡に「豆腐のことだけ」しかなかったことは前述のとおりだが、しかしそれは豆腐のことならなんでもよいのではなく、豆腐のあれこれの性質でもなく、あえていうなら豆腐というものについての想念なのである。たとえば前後関係によっては、豆腐は一丁が「二文するもの」でもある。この場合、言葉の力点が「二文」にではなく「するもの」のほうにあることは明らかだ。その証拠には、すぐ後の問答では、豆腐を三丁まとめ買いすれば値段は五文でもよいと明言されているではないか。「二文」あるいは「五文」は、豆腐にとって決定的ではない。可変的である。しかし何文かすることとは、豆腐に即して言いなおせば「するもの」性は不可換的に重要だ。

豆腐からはいくつもの属性が抽象できる。たとえば食物科学で「植物性蛋白質」であるというのもそのひとつだ。徂徠が感嘆したのは同じ物から「二文するもの」、もっと一般に「いくらいくらするもの」という抽象のしかたがあることであり、しかもそれを絶妙な身体言語でやってのけたことなのである。

以上が、徂徠先生が十五年ぶりに再会した豆腐屋七兵衛にした話のあらましである。眠たげに聞いていた七兵衛は、話が終わるとホッとしたようにいった。

「そうでござんしたか。あっしにゃア、なにもかもチンプンカンプンでござんすが、先生はだいぶご勉強をなさったようで」

あとがき――最初に読んでいただきたいエピローグ

現代社会の始まりがなんらかの形で貨幣経済の広がりにあるとすれば、江戸時代の元禄年間は日本の「現代」の起点であった。

元禄時代は、西暦でいえば一六八八年から一七〇四年まで十六年間の時期にあたる。ちょうど江戸の十七世紀末葉から十八世紀の初頭をカバーしているわけである。

元禄期の日本を巨視的に世界史の流れのなかで眺めれば、ウエストファリア体制（三十年戦争の講和条約で成立した主権国家体制）が解体し、アジア地域が西欧列強の植民地競争によって世界市場に引きこまれていった時代に極東の一隅に位置していたといえる。幕府の鎖国政策で世界貿易網に加わらなかった日本も、オランダ東インド会社のアジア貿易を通じて銀の世界流通に組みこまれていた。

世界は自由貿易に先立つ重商主義の潮流に浸されていた。貿易差額の増大による貨幣蓄積を国富の源とする経済思想である。日本では徳川五代将軍綱吉の治下、金銀の品位を下げる元禄の貨幣改鋳がおこなわれ、「忠臣蔵」事件の遠因にもなっているが、その政策は、金銀の獲得のみを主眼とする重金主義の一変種といえよう。元禄期には、江戸・大坂その他の都市圏のみならず、全国の農村部にも貨幣経済が滔々《とうとう》と浸透し、日本社会のさまざまの部位に不可逆的な変化をもたらしはじめていたのである。

元禄社会では、立て続けにいろいろなできごとが起きている。

筆者《わたし》は元禄時代に題材を求めた小説作品を全部で十一篇書いている。うち六つ――「二流作家」「大奥のオイチョカブ」「カネに恨みは数々ござる」「梅ヶ枝の手水鉢」「お初観音経」「曾根崎の女」――を『元禄六花撰』（講談社、二〇一八年）にまとめた。本書はこれに続き、元禄文化の深層を見るのに不可欠ないくつかのアングルから選び出した五篇である。題して『元禄五芒星《ごぼうせい》』。

五篇を眺めわたしてみると、いまさらながら「忠臣蔵」事件がいかに大きな波紋を同時代および後世に広げていたかに驚かされる。初めはただの仇討ちと思われていたできごとがいったん成功するや、民衆の人気を呼び、世間中の話題になり、歌舞伎や人形芝居で上演され、実在の歴史事件が『仮名手本《かなでほん》忠臣蔵』という浄瑠璃の外題《げだい》で呼ばれるに至った。幕府に取り潰された五万石の大名家のわずか四十七人の浪士の働きが、徳川国家の屋台骨を揺るがす社会的事件に発展したのである。それと並行して事件の原因や背景の探索・究明・考証が思想界・文学界ならびに在野の好事家《こうずか》の間で進行した。もちろんゴシップ・ルーモアのたぐいには事欠かない。将軍綱吉の人間像も浮き彫りになった。

要するに、史実の掘り下げの周囲には数多《あまた》の伝説が随伴したのである。思うに「忠臣蔵」事件の社会的広がりは、昭和四十五年（一九七〇）の三島由紀夫切腹事件と似ている。どちらも同時代とその後に衝撃と影響を与えた。「日本問題」というべき課問を突きつけたのである。『元禄六花撰』同様に各篇の内容を簡単に紹介すると、以下のとおりである。

①「**チカラ伝説**」

「忠臣蔵」事件への社会心理学的アプローチといえる。赤穂四十七士のうち大石主税《ちから》は、なぜか美少年として特別扱いされている。その理由を探っていくと、いつしか、元禄社会の意識下に深く根を張っている同性愛エロティシズムの領域に踏みこんでいくことになる。

②「**元禄不義士同盟**」

実際に申し合わされていたかもしれない吉良邸討入りの第二陣組、幻に終わった二段ロケット計画を想像して復原してみた虚構である。発端の部分は四世鶴屋《つるや》南北《なんぼく》の『菊宴月白浪《きくのえんつきのしらなみ》』の趣向を借りているが、後半で斧定九郎《おのさだくろう》と七代将軍家継《いえつぐ》時代の絵島生島事件と結びつけたのは、筆者独自の思いつきだ。

③「**紫の一本異聞**」

徳川綱吉の時代に生きた戸田茂睡《とだもすい》という学者が著した江戸地誌『紫の一本《ひともと》』を題材に、それをとば口にして元禄の江戸に底深く広がる江戸の原景に足を踏み入れようとした作品である。それは江戸に残っている武蔵野の探索行であるが、茂睡はどうしてもムラサキグサの原生地に行き着けない。代わりに、幻の江戸紫を求めておもむいた館林藩下屋敷跡（白山御殿、小石川薬園）に過去の時空への入口を発見する。

④「**算法忠臣蔵**」

大石内蔵助が討入り費用をどうやって捻出したかという素朴な疑問から出発して、財源調達計画をめぐる重金主義的貨幣理論の紙上演習をこころみた。大野九郎兵衛の息子群右衛門の伝説には、歌舞伎の色悪斧定九郎以上に信憑性があるかもしれない。

⑤「**徂徠豆腐考**」

落語ネタをマジメに展開して、一種の《思想小説》を試作してみた。荻生徂徠《おぎゅうそらい》を有名人にしたキッカケが赤穂浪士一同の処分について示した理路整然たる法理論であったことはよく知られている。その際徂徠の思考には、裁かれる事実と裁く法概念との抽象度の差異という問題がクローズアップされていた。論理的には「あれこれの事物の具象性を切り落とした純粋に抽象的思考は可能か」という課問である。その徂徠が無名の貧乏学者だったころ、近所の豆腐屋の援助で飢えを凌いだという話が「徂徠豆腐」である。その無言の珍問答が徂徠先生に《「抽象」とは何か》のヒントを与えたのではあるまいか。

以上が『元禄五芒星』各篇のあらましである。これで昨年出版した『元禄六花撰』の六篇とともども都合十一篇の小説空間、そこに充満する人間情念の結節点が出揃ったわけだ。元禄の時空への入り場所ともいえる。

筆者はもちろん、これらが江戸元禄十六年間の時空圏、時代社会の隅々隈々までを渉猟していないことは重々承知している。世相のスケッチ、人間模様のアラベスクのようなものを描出することは、筆者の意図するところではない。筆者が念願したのはそうではなくて、右に見出した十一の結節点から元禄時空圏のさらに奥深い領域に掘り進みたいということであった。

本書に登場する戸田茂睡が館林藩下屋敷跡で発見した過去への通路の存在は、筆者のこれからの仕事のためにすこぶる暗示に富む。過去の時間は、疑いもなく、どこかに空間として実在するのだ。もし入り場所さえ間違わなければ、人は元禄へでも、他の任意の時代へでも、迷わず探り入ることができる。

平成三十一年（二〇一九）一月八日

野口武彦

本書は書き下ろしです。

著者：野口武彦（のぐち・たけひこ）
1937年東京生まれ。文芸評論家。早稲田大学第一文学部卒業。東京大学大学院博士課程中退。神戸大学文学部教授を退官後、著述に専念する。日本文学・日本思想史専攻。1973年、『谷崎潤一郎論』（中央公論社）で亀井勝一郎賞、1980年、『江戸の歴史家――歴史という名の毒』（ちくま学芸文庫）でサントリー学芸賞受賞。1986年、『「源氏物語」を江戸から読む』（講談社学術文庫）で芸術選奨文部大臣賞、1992年、『江戸の兵学思想』（中公文庫）で和辻哲郎文化賞、2003年に『幕末気分』（講談社文庫）で読売文学賞を受賞。著書多数。近年の作品に『慶喜のカリスマ』『忠臣蔵まで』『花の忠臣蔵』『元禄六花撰』（いずれも講談社）、『幕末明治 不平士族ものがたり』（草思社）などがある。

元禄《げんろく》五《ご》芒星《ぼうせい》

2019年3月20日 第1刷発行

著　者　野口武彦《のぐちたけひこ》
発行者　渡瀬昌彦
発行所　株式会社講談社
〒112-8001 東京都文京区音羽2-12-21
電話　出版 03-5395-3504
販売 03-5395-5817
業務 03-5395-3615
装丁者　鈴木正道
印刷所　株式会社新藤慶昌堂
製本所　株式会社若林製本工場

ISBN978-4-06-514995-9

N.D.C.913　242p　20cm

儒学殺人事件　堀田正俊と徳川綱吉

小川和也　著

知られざる殿中暗殺事件から浮かび上がる、
異色の思想史ドラマ。

貞享元年（一六八四）八月二十八日。
江戸城御用部屋近くで大老堀田正俊が刺殺された。下手人は若年寄の稲葉正休。しかし、その背後には時の将軍綱吉がいた……!?　いったいなぜ正俊は殺されねばならなかったのか。事件を解くカギは「儒学」にあった。第36回サントリー学芸賞（社会・風俗部門）受賞作。

講談社　定価：本体一八〇〇円（税別）
※定価は変更することがあります

慶喜のカリスマ

野口武彦　著

英邁豪胆？　卑怯臆病？

いったいどっちだったのか……。

歴史は時としてひとりの人物に過剰な役割を負わせる。そのとき、たしかに彼はカリスマであり、ある者は熱い希望を託し、ある者は深く警戒した。しかし、いつしかその行動は期待を大きく裏切り、あわれでなかば滑稽な結末を迎える。それはなぜだったのか。幕末の悲喜劇と明治の沈黙の向こうに日本最大の転形期の姿を見据えた傑作評伝。

講談社　定価：本体二五〇〇円（税別）
※定価は変更することがあります

忠臣蔵まで「喧嘩」から見た日本人

野口武彦　著

忠義のベールを取り払い、
武士道というイデオロギーの本質を問う。

武士とは元来「およそ始末におえぬ」存在だった！　意地と剝き出しの欲望に突き動かされる男たちによる、自力救済のどうしようもない暴力性をどう封じこめたらよいのか？　じつに赤穂事件こそは太平の時代における、権力の最大課題として発生した。復讐の論理から忠義の論理へ……。近世を舞台に展開したアクロバティックな思想的転換を追跡し、いまなお日本人の心性の根底にあるものを洗い出す。

講談社　定価：本体二二〇〇円（税別）
※定価は変更することがあります

花の忠臣蔵

野口「忠臣蔵」論の白眉。
「虚構」の享受が「現実」を穿つ！

野口武彦　著

著者いわく「忠臣蔵をレンズにして眺めると、ただ元禄時代という過去の歴史の一齣だけでなく、日本に流れる時間のなかに住まう歴史の精霊《デーモン》の姿を正視することができる。元禄人に目を据える。と、元禄の死者たちもひたと見返してくる。その眼差しは、同時代だからこそかえってものを見えなくする死角を突き抜けて、現代の迷路をくっきり照らし出すにちがいない」。

講談社　定価：本体二二〇〇円（税別）
※定価は変更することがあります

元禄六花撰

元禄と平成、
なんの変わりがあるものか。

野口武彦　著

元禄の末期は地震に襲われ、宝永と改元され、将軍綱吉が没する。バブルの崩壊と天災、失政下の明るい諦念。この時代の諸相と現代とには、おそろしいくらいの共通性が読み取れる。それはたんなる江戸時代の年号のひとつではなく、派手やかなイメージで彩られた時間の実体であり、独特の蠱惑で人をさし招く。三百年の時空の皮膜に実をあらわす六つの物語。

講談社　定価：本体二〇〇〇円（税別）
※定価は変更することがあります